CONFLICTO AMOROSO
Maureen Child

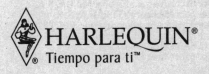

HARLEQUIN®
Tiempo para ti™

NOVELAS CON CORAZÓN

Editado por HARLEQUIN IBÉRICA, S.A.
Hermosilla, 21
28001 Madrid

I.S.B.N.: 84-396-8845-8
Depósito legal: B-9684-2001
Editor responsable: M. T. Villar
Diseño cubierta: María J. Velasco Juez
Composición: M.T., S.L.
Avda. Filipinas, 48. 28003 Madrid
Fotomecánica: PREIMPRESIÓN 2000
c/. Matilde Hernández, 34. 28019 Madrid
Impresión y encuadernación: LITOGRAFÍA ROSÉS, S.A.
c/. Energía, 11. 08850 Gavá (Barcelona)
Fecha impresion para Argentina:8.10.01
Distribuidor exclusivo para España: M.I.D.E.S.A.
Distribuidor para México: INTERMEX, S.A.
Distribuidores para Argentina: interior, BERTRAN, S.A.C. Vélez
Sársfield, 1950. Cap. Fed./ Buenos Aires y Gran Buenos Aires,
VACCARO SÁNCHEZ y Cía, S.A.
Distribuidor para Chile: DISTRIBUIDORA ALFA, S.A.

Capítulo Uno

¿Qué más me puede pasar hoy?, se preguntó el sargento de artillería Sam Paretti mirando al cielo encapotado.

Estaba de pie sobre una plataforma de madera desde la que se dominaba el campo de tiro. Tendría que estar escuchando disparos por todas partes, debería estar viendo filas de reclutas arriba y abajo, disparando.

Pero no. En lugar de eso, estaba asegurándose de que no quedaba nadie, de que todos habían vuelto a sus barracones. Un día perfecto de prácticas de tiro desperdiciado por culpa de un huracán.

–¿No tienes nada mejor que hacer? –gritó en dirección al cielo. Una ráfaga de relámpago fue la única respuesta que obtuvo y Sam tradujo que la voluntad de Dios estaba por encima de la de un sargento de artillería del cuerpo de marines.

El viento lo azotó, moviendo la tela de la camisa y los pantalones. Se ajustó la visera de la gorra y bajó de la plataforma, aterrizando sobre el suelo embarrado.

Vio algo que brillaba en mitad del fango y se agachó a agarrarlo. Era un cartucho. Se lo metió en el bolsillo y se alejó en dirección a su habitación. Debía hacer la maleta para evacuar.

–Sargento de artillería Paretti –gritó alguien. Sam se paró, se dio la vuelta y vio al sargento del estado mayor Bill Cooper que iba corriendo hacia él.

–¿Qué ocurre, Cooper?

El sargento se paró delante de él y se cuadró.

–Descanse, marine –dijo Sam.

–¿Qué pasa? –preguntó ya con las manos a la espalda y más relajado. De repente, el fuerte viento le arrancó la gorra y tuvo que salir corriendo tras ella–. ¿Te vas ya?

Sam negó con la cabeza y se cruzó de brazos. Abrió las piernas y le plantó cara al viento.

–Aún no. Va a haber unos atascos impresionantes.

–Pues sí –dijo el más joven–, pero mi mujer se quiere ir ya. Es de California, ¿sabes? Están acostumbrados al tráfico y a los terremotos, pero no a los huracanes.

«California», recordó Sam. No habían pasado más que unos meses desde que había estado allí para la boda de su hermano mayor. También hacía un par de meses que una chica de California le había dejado a él.

Karen Beckett. Pensar en ella le produjo un escalofrío. Había irrumpido en su vida, la había descolocado y se había ido igual de rápido que había llegado, dejándolo más solo que nunca.

Se preguntó dónde estaría. Se preguntó si la habrían evacuado, si estaría asustada. Se rio. ¿Karen asustada?

–¿Quieres que haga algo más antes de irme?

–No –contestó Sam–. Voy a dar una última vuelta, pero tú puedes irte.

–Muy bien. Te veré cuando todo esto haya acabado.

–Aquí estaré –contestó pensando que, si por él fuera, se quedaría en la base para hacerle frente a la tormenta. Pero había recibido órdenes de evacuar y no había más. Si no evacuaba podrían juzgarle–. Dale recuerdos a Joanne.

–De acuerdo. Cúbrete las espaldas –sonrió el otro.

–Siempre –murmuró mientras el otro se alejaba a buen paso sujetándose el sombrero–. Bueno, casi siempre –dijo recordando aquella vez en la que no lo había hecho. Aquella vez había dejado que su corazón pesara más que su cabeza y Karen Beckett había aprovechado para darle fuerte y dejarle mal herido.

Maldición. Esperaba que estuviese bien.

Karen Beckett iba en su coche por la carretera de doble sentido, viendo cómo se estaba poniendo el tráfico y pensó que sería inútil irse en aquellos momentos. Lo único que conseguiría sería tragarse un buen embotellamiento. Una de las razones por las que se había mudado a Carolina del Sur había sido para evitar los atascos. Eso y que su abuela había muerto hacía dos años y le había dejado la vieja casona familiar. Era un lugar magnífico para huir cuando necesitaba alejarse de todo. Era como un escondite.

Se quedó pensando en aquello. No era el momento de ponerse a darle vueltas a antiguas relaciones que habían salido mal. El huracán estaba apunto de llegar aunque ella no estaba muy segura de que fuera a ser tan peligroso como habían anunciado. Otras veces, el gobierno había hecho evacuar a la población y un par de horas después había cambiado de opinión. La televisión llevaba tres días siguiendo la tormenta. Habían sido tres días de advertencias de posibles evacuaciones, de ver a amigos y vecinos comprar de todo, desde papel higiénico hasta galletas de chocolate.

Llevaba dos años en Carolina del Sur y todavía no le había tocado evacuar nunca. Ya se las había tenido que ver antes con lluvia y viento. El paso de El Niño por California no había sido un camino de rosas precisamente. Por no hablar de los terremotos. Karen pensó que si había sobrevivido a un 6,5 podría sobrevivir a un huracán.

–Sí –se animó a sí misma–. Esperaré un poco, unas cuantas horas más. Donde esté un buen terremoto... –dijo desenvolviendo un bombón.

Miró por la ventanilla. Al otro lado de la carretera, los enormes árboles no dejaban ver qué había detrás. Era como ir conduciendo dentro de un túnel verde. La lluvia caía a cascadas por las ventanillas y repiqueteaba en el techo del coche.

Se metió el dulce en la boca y comenzó a tararear una canción que estaba oyendo en la radio. En ese momento, pasó por delante de la entrada de la base de marines Parris Island. Intentó no mirar, pero no pudo. Se le aceleró el corazón y dejó de cantar.

Vio cientos de autobuses, llenos de marines. Les estaban evacuando. Parris Island era una base de entrenamiento para reclutas, así que sospechó que la evacuación habría sido bien acogida por ellos.

Pensó en otro marine. A pesar de que ya no salían juntos, no se podía quitar de la cabeza a Sam Paretti. Habían pasado dos meses, dos semanas y tres días desde la última vez que se habían visto. No era fácil olvidarse de él. Cuando menos se lo esperaba, veía su cara y se quedaba sin aliento. Recordaba sus caricias, su olor. Lo recordaba muy bien. Los meses que habían pasado juntos y la noche que lo habían dejado. Seguía soñando con aquellos ojos color ámbar, con los que la había aniquilado cuando le dijo que no quería volver a verlo.

Apartó la mirada de la base. Le latía el corazón con fuerza y le sudaban las manos. Tragó con dificultad y se metió en la boca dos bombones más.

Ni el chocolate podía apartar de su mente a Sam Paretti, aquel sargento de artillería cañón.

A pesar de lo que había sucedido entre ellos, esperó que estuviera bien.

Sam cerró el maletero con fuerza y se metió en el coche. Encendió el motor, escuchó el ruido y metió primera.

Dio las luces para ver la carretera a través de la cortina de lluvia. La base estaba prácticamente desierta. Era como una ciudad fantasma. Miles de marines huyendo de una maldita tormenta. No le parecía bien.

Entendía que los hombres casados se fueran porque tenían mujeres e hijos a los que poner a salvo.

Se dirigió a la puerta principal. Pensó que las fuerzas de la naturaleza, en forma de huracán, serían perfectas para un curso de entrenamiento de marines.

Encendió la radio y se incorporó a la carretera que habría de llevarle a la autopista y a tierra firme.

—Por lo menos, no hay tráfico —comentó con estelas de agua a ambos lados del coche.

Eran las tres y media de la madrugada y tenía la carretera prácticamente para él solo.

Sola.

Bien, perfecto.

Karen volvió a encender el contacto. Nada. Hacía media hora que no oía más que clic, clic, clic. El motor no arrancaba. Como había esperado a que no hubiera tráfico, estaba sola en una carretera oscura en mitad de la nada y con un huracán pisándole los talones.

No podía irle peor.

Se comió otro bombón. A su alrededor, todo era oscuridad y lluvia. El viento soplaba con fuerza y los árboles situados a ambos lados de la carretera se movían como animadoras fuera de sí. El viento sacudió el coche y Karen se agarró con fuerza al volante. Sintió que el miedo comenzaba a atenazarle el estómago.

¿Qué debía hacer? Había intentado llamar desde el teléfono móvil, pero no había conseguido hablar con nadie. Ninguno de los coches que habían pasado había parado. Solo podía quedarse allí sentada y rezar para que el coche arrancara. Pronto.

Se arrepintió de no haber escogido mecánica en vez de hogar en el colegio. No creía que saber preparar un guiso pudiera salvarle la vida.

Vio algo por el rabillo del ojo y miró por el retrovisor. Eran unos faros que se aproximaban deprisa. A lo mejor paraba. Si era así, tendría que cruzar los dedos para que no fuera un asesino en serie.

No tenía opción. El huracán Henry estaba a la vuelta de la esquina.

—Venga, vamos —susurró mirando aquellos faros–. Gracias a Dios –dijo al ver que se había parado tras ella.

Vio por el retrovisor al conductor que abría la puerta y se dio cuenta de que iba solo. Hubiera preferido que la hubiera rescatado una familia.

–No importa –se dijo–. Sea quien sea, es mi héroe.

Un segundo después, su héroe estaba dando con los nudillos en la ventana. Se apresuró a bajarla.

–Vaya, ¿por qué no me sorprende verte aquí? –preguntó una voz demasiado conocida.

–¿Sam? –preguntó Karen con el estómago en un puño.

–El mismo.

Allí estaba. Con la lluvia cayéndole por la cara. Le miró a los ojos y se dijo que Dios tenía mucho sentido del humor. ¿Cómo, si no, se explicaba que mandara a salvarla al único hombre que no quería volver a ver?

–¿Qué estás haciendo aquí?

–Pues nada, que como hace una noche tan estupenda, decidí aparcar aquí y admirarla un rato.

–Muy graciosa, Karen. Viene un huracán, por si no te has enterado.

–Bueno... –comentó tomando otro bombón–. ¿Tienes teléfono en el coche? He intentado llamar desde mi móvil, pero no funciona.

–Aunque funcionara, no podrías llamar a nadie. Si necesitas ayuda, yo te ayudaré. Vamos, agarra tus cosas y vente conmigo.

–¿A dónde?

–¿Importa eso a estas alturas? –dijo riéndose.

–Supongo que no –contestó sabiendo que no tenía elección.

Le pareció mejor irse con Sam Paretti que tener que afrontar sola un huracán.

–Dame las llaves. Voy a sacar las cosas del maletero.

Se las dio pensando que seguía siendo tan atento como siempre. Karen alcanzó el bolso, los termos y los bombones del asiento del copiloto. Subió la ventana, se puso la capucha y salió del coche.

El viento le quitó la capucha nada más salir y se vio con todo el pelo por la cara. El agua se le metió por el cuello de la camisa y le bajó por la columna vertebral. Sintió que se le habían pegado los vaqueros y que se le habían encharcado las zapatillas de deporte.

En las llanuras, el agua tardaría mucho en desaparecer. Las calles se convertirían en lagos; las autopistas, en ríos y los campos, en océanos.

Con esfuerzo llegó a la parte de atrás del coche.

–Mujeres. ¿Para qué necesitarán tantas cosas? –oyó murmurar a Sam.

–Perdón por no poder sobrevivir con una navaja y un cepo.

–No te vas de vacaciones –dijo agarrando las dos maletas–. Estamos evacuando.

–¿Y?

–Nada.

Sam metió el equipaje de Karen en su maletero. Karen lo siguió a la parte de atrás del enorme todoterreno y vio todo lo que se había llevado.

–¿Una tienda? –gritó para que la oyera por encima del viento–. ¿Piensas acampar?

–No creo –dijo cerrando el maletero–. ¿Qué llevas aquí?

–Comida. Cosas necesarias.

–¿Chocolate? –preguntó con una ceja levantada.

–El chocolate es muy necesario –contestó hurgando en la bolsa de papel.

–Muy bien. Vamos –le dijo agarrándola del codo para acompañarla hasta el asiento del copiloto. Le abrió la puerta y la acomodó dentro. Cerró la puerta. Karen se quedó aturdida ante la ausencia de lluvia y viento.

Sam se montó en el coche. Allí estaban, solos.

Sam se giró para mirarla y, cuando sus ojos se encontraron, Karen se preguntó qué sería más peligroso, el huracán o Sam Paretti.

Capítulo Dos

Estaba como una rata mojada.

Aun así, le seguía pareciendo la mujer más guapa que había visto jamás. Maldición.

Sam la observó durante un largo minuto, satisfaciendo aquel deseo que lo había perseguido durante dos meses. Vaya. Le pareció que habían transcurridos años desde la última vez que la había visto.

Se había acercado a aquel coche con las luces de emergencia puestas porque no había sido capaz de pasar de largo ante alguien que podría necesitar ayuda. Cuando reconoció el coche, en el último momento, supo que iba a pagar un precio muy alto por su caballerosidad.

El precio era que la podía mirar, pero no la podía tocar.

Aquello lo enfadó.

—¿Por qué demonios sigues aquí? Tendrías que haberte ido hace horas —dijo en un tono más cortante de lo deseado.

–Le dijo la sartén al cazo –contestó ella arqueando las cejas rubias.

–Muy graciosa –comentó Sam sabiendo que él también se debería de haber ido hacía horas–. Mi situación es diferente.

–¿De verdad? ¿Y eso? –preguntó comiéndose otro bombón.

–Muy sencillo. Porque mi coche funciona. Te dije hace tres meses que tu coche estaba en las últimas. Te advertí que no te fiaras de él –dijo moviendo la cabeza en señal de desaprobación.

Karen se arrellanó en el asiento, desenvolvió otro bombón y se lo metió en la boca. Se dio cuenta de que comía tantos bombones cuando estaba nerviosa o enfadada. O feliz. Sam recordaba el chocolate como una parte muy importante de la personalidad de Karen Beckett.

–Sí, ya lo sé, pero ha durado tres meses más de lo que tú creías, ¿no?

–Claro. Ha durado hasta que lo has necesitado realmente. En ese momento, ha decidido morirse.

–Mira, Sam...

Aquella mujer era la más testaruda que había conocido.

–Por amor de Dios, Karen –dijo molesto–. Si no hubiera aparecido, ¿qué habrías hecho?

Te habrías quedado ahí, atrapada. En mitad de la nada y con un huracán acechando.

–Me las habría apañado –contestó con aquella expresión de «reina a plebeyo».

–Sí, claro –dijo recordando aquella irritación de meses atrás. Karen Beckett era especialista en sacarle de quicio–. Lo primero que pensé cuando me paré a socorrerte fue en lo bien que parecías estar.

Karen le dedicó una mirada asesina, agarró el bolso y los bombones.

–¿Sabes lo que te digo? Si que me lleves en coche me va a costar escuchar tus charlas, prefiero ir andando.

Abrió la puerta y, al instante, entró la lluvia. Sam se lanzó sobre el reposabrazos de la puerta de Karen y la cerró.

–¡No seas inconsciente!

–No soy inconsciente.

–No he dicho que lo fueras.

–Sí, sí lo has dicho. Lo acabas de decir –dijo empujándole para que retrocediera hasta su asiento.

–Mira, esto es de locos.

Karen suspiró, se cruzó de brazos y lo miró fijamente.

–No tenemos motivos para pelearnos, Karen. Ya no estamos juntos –dijo Sam sintiendo un inmediato pellizco de nostalgia.

17

—Es cierto.

Una ráfaga de viento dio en el coche y la lluvia comenzó a caer sobre el techo como si fueran bailarines irlandeses.

Sam intentó centrarse en lo que era realmente importante. No era que lo hubieran dejado ni que la siguiera queriendo sino la amenaza que les perseguía.

No estaba preocupado por sí mismo sino por Karen. Haría todo lo posible por que no le ocurriera nada.

Sam suspiró y la miró. Parecía preocupada. Se estaba mordiendo el labio inferior y tenía la mirada fija en la tormenta que se producía en el exterior. Supo que deseaba estar en cualquier otros sitio menos allí. Una parte de él le dio la razón, pero se alegraba de que estuviera con él. Por lo menos, sabía que estaba a salvo.

—¿Te parece bien que declaremos una tregua temporal? —preguntó Sam un poco alto para que le oyera a pesar de la tormenta.

—De acuerdo —asintió tras considerarlo un momento y le tendió la mano derecha para sellar el pacto con un apretón.

Al tocarle la mano, Sam sintió una descarga eléctrica que le recorrió el brazo y le llegó hasta el cerebro. Sam se la soltó rápidamente, pero no pudo evitar que el deseo le llegara al pecho y le aplastara el corazón.

Cuando vio que Karen se comía otro bombón, pensó que a ella le debía de haber pasado lo mismo. Le temblaron los dedos al desenvolverlo. Sam supo que lo que había habido entre ellos seguía vivo.

Pero eso no tenía importancia en aquellos momentos. Le había dejado claro hacía dos meses lo que sentía por él cuando se alejó de él casi sin mirarlo.

–Como sigas comiendo tanto chocolate no vas a llegar a los cuarenta con dientes –le dijo aclarándose la garganta para borrar aquellos recuerdos dolorosos.

–Habrá valido la pena –murmuró.

–¿Y cómo vas a comer chocolate cuando ya no tengas dientes?

–Lo derretiré y me lo tomaré con una pajita.

–Cabezota.

–Listillo.

Sam sonrió y vio que a ella también se le dibujaba el comienzo de una sonrisa en el rostro. Echaba de menos aquellas... conversaciones. Y otras cosas, también.

–Bueno, ¿qué te parece si encontramos

un lugar donde resguardarnos de la tormenta?

—Buena idea.

A los veinte minutos sonó el móvil de Karen, que se alegró tanto de que funcionara de nuevo, que no se extrañó de que la llamaran a las tres de la madrugada.

—Hola, mamá —dijo mirando a Sam.

Él se rio sofocadamente, lo que hizo que a Karen le rechinaran los dientes.

—Karen, cariño... ¿Dónde estás? Espero que en algún sitio seguro.

—Claro —contestó. Físicamente, sí; emocionalmente, no lo tenía tan claro. Tener tan cerca de nuevo a Sam Paretti no era una buena idea. Los recuerdos de cuando estaban juntos estaban demasiado cercanos. Demasiado fuertes. Demasiado tentadores.

—¿Dónde estás? —dijo su madre sacándola de sus pensamientos.

—De camino.

—Pero si hace horas que tendrías que haberte ido.

—El tráfico estaba fatal —dijo para que se enteraran los dos: su madre y Sam.

—Martha... —dijo su padre desde otro auricular–. Ahora que sabemos que está bien, ¿por qué no colgamos y la dejamos seguir?

–Gracias, papá.

–Nada de esto habría ocurrido si no te hubieras ido –dijo su madre–. Estarías sana y salva, aquí, en California...

–Esperando, con todos nosotros, al super-terremoto –apuntó su padre.

–Mamá, estoy perfectamente...

–Ahora –añadió Sam.

–¿Quién ha dicho eso? –preguntó su madre.

–Eh... –Karen cerró los ojos y se armó de paciencia–. Estoy con un amigo.

Sam se rio al oír el tono en el que había dicho «amigo».

Karen pensó que, efectivamente, no eran amigos, pero tampoco eran novios ya. ¿Qué eran, entonces? ¿Enemigos que se llevaban bien?

–¿Qué amigo?

–Martha...

–Diles hola de mi parte –dijo Sam.

Karen suspiró y se rindió ante lo inevitable.

–Sam os manda recuerdos.

–¿Sam? No me habías dicho que estuvierais juntos otra vez.

–No estamos juntos...

Sam se rió y a Karen le entraron ganas de llorar.

–Karen, ¿qué está pasando?

–Lo siento, pero tengo que colgar. Tengo que ayudar a Sam con la carretera.

–Muy bien, cariño. Tened cuidado los dos –dijo su padre.

–Exacto. Yo he vivido alguno de esos huracanes y sé lo que es. Por eso me fui de la Costa Este. Tienes que ir tierra adentro. Cuando llegues, me llamas. Seguramente, las líneas estarán cortadas y...

–Martha... –dijo la voz de Stuart Beckett un poco impaciente.

–De acuerdo, de acuerdo. Cariño, no os paréis hasta que no estéis a salvo.

–Claro. Te lo prometo –dijo sonriendo. Sus padres, como todos los padres, tenían la capacidad de sacarla de quicio, pero los adoraba. Lo único malo de haberse mudado era lo mucho que los echaba de menos–. Os llamaré en cuanto pueda.

Colgó y metió el móvil de nuevo en el bolso. Escuchó el chirriar de los neumáticos sobre el pavimento mojado y el repiquetear de las gotas en el coche.

–¿Por qué has hecho eso?

–¿Qué?

–Asegurarte de que mis padres se enteraran de que iba contigo.

–No sabía que debía esconderme –dijo encogiéndose de hombros.

–No es eso. Es que van a querer saber qué está pasando y...

–Y no quieres contarles nada, como a mí, ¿no?

–Sam, ya te dije que tenía mis razones para cortar contigo.

–Sí, ya lo sé. Por desgracia, decidiste no compartirlas conmigo.

–¿Y eso qué importa?

–¡Por supuesto que importa! –dijo casi gritando–. Mira, no quiero que vuelva a pasar –añadió bajando la voz.

–¿Y crees que yo sí?

–Supongo que no.

La tensión se mascaba en el interior del coche. A Karen le dolía el corazón. Hubo un tiempo en el que las cosas habían sido estupendas entre ellos.

–¿Qué tal están tus padres? –preguntó Sam cambiando de tema.

Karen pensó que era mejor guardar las formas. Después de todo, les iba a tocar estar juntos durante no sabía cuánto tiempo. No hacía falta ponerse de malas. No había necesidad de hacerse daño mutuamente.

–Bien –contestó mirándolo. Aquel perfil parecía esculpido en piedra, pero recordaba muy bien cómo su expresión rígida podía tornarse en sonrisa rápidamente. Se puso nerviosa de repente, así que alcanzó otro bombón y se lo comió.

–¿Tu madre sigue dándote la lata para que te vuelvas a California?

–No tanto. Ahora, ya solo de vez en cuando.

–Pensé que, tal vez, después de dejarlo conmigo, te volverías –comentó con la mirada fija en la carretera.

En los días que siguieron a su ruptura, Karen había deseado un lugar en el que poder esconderse, pero se negó a huir de nuevo. Ya lo había hecho cuando se había ido de California a Carolina del Sur y se había dado de bruces con lo mismo de lo que iba huyendo. Esconderse no era la solución. Se quedó para afrontar la situación y olvidarse de lo que habían compartido. No le había salido bien.

–¿Cómo es que no te fuiste? –insistió Sam.

–Porque, ahora, esta es mi casa. Me gusta vivir en el sur. Me gusta la vida en una ciudad pequeña. Además, no creo que sea bueno dar marcha atrás.

–Yo tampoco –dijo mirándola.

–Bien –dijo pensando en que lo que había querido decir era que no tenía ningún interés en rememorar lo que habían vivido juntos–. Aunque tengamos que pasar un rato juntos, esto no cambia nada.

–De acuerdo.

–Veo que nos entendemos.

Sam agarró con mas fuerza el volante y tomó aire profundamente.

–Sí –dijo por fin–. Estate tranquila. No tengo la más mínima intención de que me vuelvas a romper el corazón.

A Karen aquello le cayó como una bofetada.

–Lo siento. No tenía que haber dicho eso.

–No pasa nada.

–Sí, sí pasa. Hiciste lo que debías hacer. Lo sé, aunque no lo entiendo.

La culpa le atenazó el estómago a Karen. Sabía que le había hecho daño, pero no tuvo más remedio que cortar con él antes de que se convirtiera en algo importante. Perderlo hubiera significado la muerte para ella.

Aquello le parecía una razón estúpida incluso a ella. Por eso nunca le había dado una explicación. Seguro que la habría convencido y seguro que algún día se habrían arrepentido.

Recorrieron muchos kilómetros. Sam no quitaba la vista de la carretera y no dejaba de darle vueltas al problema que tenían entre manos: encontrar refugio. Si hubiera estado solo, habría aparcado y habría montado la tienda de campaña.

Pero, como Karen estaba con él, todo cambiaba. Había que encontrar un motel. Un edificio que aguantara el viento, que cada vez soplaba con más fuerza. Los árboles situados a ambos lados de la carretera estaban doblados por la mitad y agitaban las ramas como si quisieran agarrar los coches.

Había pasado de largo ante unas cuantas salidas de la autopista porque todavía estaban demasiado cerca de la costa. Había que ir tierra adentro lo suficiente como para que Karen no estuviera en peligro. A juzgar por la fuerza del viento, se estaban quedando sin tiempo.

Entonces, lo vio. Un motel de ladrillo. Había una docena de coches en el aparcamiento, pero tenía puesto el cartel de libre.

—¿Posada La gota? —preguntó Karen viendo que Sam se metía con el coche.

—Suena acogedor, ¿no? —rió Sam.

—¿Acogedor? Pero si parece que tiene cien años.

—Exactamente lo que necesitamos.

—¿Eh?

Aparcó delante de la recepción y apagó el motor.

–Si es tan viejo, habrá sobrevivido a un montón de huracanes. Seguro que también aguantará este –dijo encogiéndose de hombros.

«Claro», pensó Karen, pero se preguntó si ella sobreviviría al huracán.

Capítulo Tres

Lo miró a través del parabrisas. Las cataratas de lluvia desdibujaban su silueta como si todo aquello fuera un sueño y, en realidad, estuvieran en casa, en la cama, con imágenes de Sam atormentándola.

Cuando vio al dueño del motel aparecer tras el mostrador rascándose el pecho peludo, supo que no era un sueño. Era un hombre mayor, tripudo y con el pelo cano. Sonrió a Sam y le entregó el libro de registro.

—Oh, este sitio es el Ritz —murmuró Karen cuando el dueño se quitó la porquería de los dientes con la uña del pulgar. Aquel hotel parecía sacado de una película de miedo de los años cincuenta. Paredes sucias, que nadie se había molestado en limpiar en años, un árbol solitario en mitad del aparcamiento y coches que parecían abandonados—. Bueno, no te pongas nerviosa. No pasa nada en este sitio que no pueda solucionar una buena bomba atómica –se dijo a sí misma.

Vio que Sam le daba la mano al otro hombre y que los dos se reían. Sam corrió hacia el coche, abrió la puerta, se metió dentro de un salto y se sacudió como un perro recién salido del mar.

–¡Vaya! –exclamó mientras Karen se quitaba las gotas de agua de la cara–. Esta tormenta es gorda.

–Ya me he dado cuenta –dijo agarrando la hoja de registro de las manos de Sam–. ¿Dónde están nuestras habitaciones?

–Bueno, ahí está la cosa –contestó Sam pasándose la mano por el pelo.

–¿Qué? –preguntó al tiempo que el cartel de neón de libre se apagaba y el dueño salía de la recepción.

–Jonás dice que ha sido una noche de mucha gente.

–¿Jonás?

–Sí, Jonás –respondió Sam encendiendo el motor. Pasaron junto a los demás coches y aparcaron en el último sitio libre.

–Solo queda una habitación –concluyó Sam.

–¿Una?

–Sí y, como estamos en una pequeña ciudad sureña, no me apetecía oír a Jonás y he...

—¿Qué?

—Mira la hoja de inscripción —contestó Sam encogiéndose de hombros.

Karen alzó el papel y lo leyó. Asombrada, lo volvió a leer.

—¿Has puesto señor y señora Paretti? —le dijo en tono acusador.

Sam pensó que no tenía por qué sentirse insultada. No había tenido intención de registrarse como marido y mujer, pero, al ver la expresión lasciva del dueño del motel, había cambiado de opinión. No iba a permitir que un tipo como Jonás dejara correr su enferma imaginación acerca de Karen.

¿Y qué había conseguido protegiéndola? Que se sintiera espantada ante la idea de tener que hacerse pasar por su esposa.

Perfecto.

—Tranquila, Karen. No te estoy pidiendo que me ames, me respetes y me obedezcas hasta la muerte.

—Lo sé, pero...

—No pasa nada, ¿de acuerdo? Es una mentirijilla para que las cosas resulten más fáciles.

—¿Para quién?

–¿Qué pasa con nuestra tregua? –preguntó molesto.

–De acuerdo, tienes razón. ¿Cuánto puede durar el estúpido huracán, después de todo? –dijo asintiendo tras un largo minuto de reflexión.

Mientras Karen agarraba los bombones y el bolso, Sam pensó por primera vez que iban a estar juntos... solos... durante tres días. Con sus noches.

Madre mía.

Tuvo la impresión de que las maniobras militares iban a ser una tontería comparadas con aquel huracán.

El interior de aquel lugar era exactamente como prometía el exterior.

Karen se quedó en la puerta, fascinada. Las paredes estaban pintadas de naranja clarito y la alfombra color óxido le iba de maravilla. Había dos lámparas atornilladas a las mesillas que había a ambos lados de la cama de matrimonio. Un vestidor sin puerta dejaba a la vista tres perchas de alambre que colgaban de una barra. Más allá, se veía el baño, de color verde mar.

Se sentó en la cama y oyó los muelles rechinar. Se preguntó asombrada de dónde habrían sacado todas aquellas cosas.

—Bueno —dijo Sam dejando las maletas en la habitación—. Está seco.

—Más o menos —contestó Karen señalando el techo, donde se había formado una gotera.

—Eso lo puedo arreglar.

«Por supuesto», pensó Karen. Así era él con todo. Si se rompía, Sam lo podía arreglar. Como había intentado hacer con lo que había pasado entre ellos, pero aquello nadie podía arreglarlo.

—De acuerdo. No es precisamente una casa con encanto, pero soportará el huracán y eso es lo que nos importa.

Ella lo miró. Se quedó observando aquella mandíbula fuerte y aquellos labios un poco curvados y supo que no era solo el huracán lo que debía preocuparla. Compartir una habitación diminuta, por no hablar de la cama, con un hombre que podía volverla loca con un simple roce le parecía igual de peligroso.

Sam la miró y fue como si le leyera el pensamiento. Karen vio una chispa de deseo en los ojos de él, que desapareció tras el muro de dolor que ella había construido hacía dos meses.

–Es temporal, Karen. Solos unos días juntos y luego volveremos a hacer vidas separadas, como tú quieres.

–¿Cómo que días?

–Antes, pasar unos días conmigo no te habría hecho poner esa cara, como si te hubieran condenado a veinte años de trabajos forzados –dijo riéndose.

Aquellas palabras le dieron de lleno en el corazón. Ella no había querido hacerle daño. ¿Acaso no sabía que ella también lo había pasado mal? ¿No se daba cuenta de lo difícil que le resultaba alejarse de él cuando, en realidad, lo que le salía era estar cerca de él, volver a sentir la magia que había conocido solo en sus brazos?

–Sam –dijo levantándose de la cama. Echó la cabeza hacia atrás y miró aquellos ojos de color castaño claro–. No es por ti. Es por...

–Lo sé –la interrumpió–. Es algo que no puedes explicar. Creo que recuerdo ese discurso y, si no te importa, prefiero no volverlo a oír.

Karen sintió un tremendo calor en las mejillas y supo que se había sonrojado. Maldición.

–De acuerdo. Lo siento.

–Voy a buscar las otras cosas –dijo asintiendo.

–¿Quieres que te ayude?

–No, gracias –contestó yendo hacia la puerta–. Puedo yo. ¿Por qué no llamas a tus padres antes de que corten el teléfono? Ahorra energías.

Lo vio salir y perderse entre la lluvia y la oscuridad. Cuando se quedó sola, se fue hacia el vestidor, se quitó la chaqueta y la colgó. En ese momento, se cayó la barra de madera y dio contra el suelo. Se quedó .mirando la chaqueta, atrapada bajo la barra, suspiró y la dejó allí. Si aquello era una señal de lo que se le venía encima, prefería no pensarlo.

Pensó que las cosas no se podían poner mucho peor. Fue hacia el teléfono, lo descolgó y comenzó a marcar. Debía evitar que su madre hiciera cábalas sobre si habría vuelto con Sam.

Martha Beckett quería nietos desesperadamente y no dudaba en hacer que su única hija se sintiera culpable diciéndole que debería dárselos antes de que fuera demasiado mayor como para disfrutar de ellos.

Karen se giró para ver a Sam, que entraba en ese momento. Justo entonces, su madre descolgó el aparato al otro lado.

–¿Sí?

–Hola, mamá –dijo Karen mirando a un

lugar más seguro, como la pared, por ejemplo–. Soy yo.

–Cariño. Me alegro de oírte. ¿Estás a salvo de la tormenta?

–Sí –contestó. A salvo de la tormenta, sí.

–Bien. Ahora cuéntame todo sobre Sam y tú. ¡No me habías dicho que habíais vuelto!

–No hemos vuelto, mamá –contestó sabiendo que aquello no le iba a servir de nada.

–¡Justo el otro día le estaba comentando a tu padre que sabía que acabaríais juntos otra vez!

Karen gimió y se tocó la frente al sentir una aguda punzada.

–Creo que lo mejor será que cada uno tenga una zona –dijo Sam mirando la habitación.

–¿Ah sí?

–Sí –contestó mirándola. Estaba sentada en la cama, apoyada en el cabecero y con las piernas cruzadas, aquellas piernas tan largas. Su pelo dorado brillaba aunque había poca luz. Lo estaba mirando con aquellos ojos azules y tenía en su rostro una media sonrisa que le recordaron otros tiempos. Tiempos más felices.

Se acordó de aquellas mañanas de domingo haciendo el vago en la cama. Despertarse con ella hecha un ovillo a su lado. Su respiración en el pecho, el olor a limón de su pelo, la magia de sus caricias.

–¿Sam? –dijo Karen en un tono que le hizo comprender a Sam que no era la primera vez que lo llamaba.

–¿Eh? Sí –dijo recordándose que aquellos días habían terminado. Karen había decidido ponerles fin y era mejor acordarse de ese hecho y olvidarse de todo lo demás.

O, al menos, intentarlo.

–Quédate tú con la cama y yo dormiré en el suelo –dijo Sam.

–De acuerdo.

–Demasiado rápido –apuntó Sam con una ceja levantada.

–Bueno, la feminista que hay en mí piensa que deberíamos turnarnos para dormir en el suelo, pero...

–¿Sí?

–La niña que hay en mí prefiere dormir en una cama, que es mucho más cómodo, porque odia los sacos de dormir.

–Ya lo sé. Lo de acampar no te hacía mucha gracia –dijo riéndose.

–Estaba lloviendo.

–Teníamos una tienda.

–Sí y todos los bichos del condado se metieron en la tienda con nosotros para resguardarse de la lluvia –dijo sonriendo. Por un momento, los problemas se disiparon y dejaron paso al recuerdo de aquel fin de semana juntos.

Se miraron durante un momento largo y lleno de tensión y Karen, de repente, se levantó en busca de sus maletas.

–¿Nos instalamos?

–Claro –contestó aparcando el deseo que sentía por ella en un rincón de su alma.

Media hora después, sus respectivos «campamentos» estaban montados. A los pies de la cama, Sam estudiaba la zona para que todo estuviera como debía estar. Había puesto contra la pared la comida, las botellas de agua, una radio a pilas y una linterna. Delante de sus provisiones, estaba el saco de dormir, abierto. Se arrodilló sobre él para desenrollar la manta.

–¿Qué estás haciendo? –preguntó Karen.

–Me estoy preparando para el huracán. No como otras... –contestó mirándola por encima del hombro.

–Yo también estoy preparada –protestó.

–Claro. Ya lo veo.

–Eh, que yo he terminado de deshacer el equipaje hacia veinte minutos –apunto Karen terminando de pintarse la última uña del pie.

–Lo único que has hecho ha sido sacar las cosas de la nevera.

–Tenía sed.

–Karen...

–Relájate, sargento. ¿Qué pasa? ¿No se puede hacer nada? ¿Solo esperar a que llegue el huracán?

–Sí, claro, se puede uno dedicar a pintarse las uñas de rosa.

–¿Quieres que te las pinte a ti también? –dijo Karen sonriendo con una ceja levantada.

–Muy graciosa.

–A lo mejor, el rosa os queda bien a los marines.

–Quizá debería decirle al comandante que nos pongan algo rosa en el uniforme.

–Seguro que sería más alegre que esas ropas de camuflaje tan feas que lleváis.

–Claro, pero un marine vestido de rosa es un blanco fácil en mitad de la selva y para evitar eso están, precisamente, las ropas de camuflaje –contestó levantándose con la manta y dirigiéndose a la ventana.

–¿Has estado muchas veces en la selva? –preguntó Karen tras un minuto de silencio.

—Hace mucho que no. ¿Por qué?

—No, por nada.

Sam sintió curiosidad, pero lo dejó pasar.

—¿Qué estás haciendo ahora? —preguntó Karen mientras Sam descorría las cortinas.

Sam miró por la ventana, pero, en vez de ver la lluvia cayendo, vio el reflejo de ella en el cristal. Se había puesto unos pantalones cortos blancos y una camiseta azul. Tenía las piernas descubiertas y algodones entre los dedos de los pies. El pelo rubio le caía sobre los hombros y, cuando se dio la vuelta para mirarla, Sam podría haber jurado que había paseado la mirada por su cuerpo.

—¿Sam?

Sam dejó de lado el reflejo de Karen y se concentró en el exterior, donde reinaba la oscuridad y la lluvia golpeaba el cristal por la fuerza del viento.

—Sí. Eh... —dijo Sam colocando la manta con chinchetas a lo largo del marco de la ventana—. Así, si la ventana se rompe, no resultaremos heridos —pensó en que sería ella la que resultaría herida por los cristales, ya que era ella la que iba a dormir en la cama, y quería evitarlo.

—Eres como McGuiver, ¿no? —dijo sonriendo, lo que hizo que él se lo tomara como un cumplido.

–Sí, exacto.

Maldición. Qué guapa estaba en aquella cama. No había nada que Sam deseara más que yacer con ella, abrazarla y besarla hasta que no se acordaran de nada, ni de sus nombres.

Pero aquello no iba a ocurrir...

–¿Tienes hambre? –preguntó Sam.

–Pues, sí, la verdad.

–Resulta que tengo la despensa llena –dijo frotándose las manos.

–¿De verdad? Bueno, yo tengo...

–No. La cena corre de mi cuenta.

–¿Qué has pensado?

–Ehh –dijo arrodillándose ante las provisiones y leyendo las etiquetas–. Pasta con atún, patatas con jamón –la miró y vio que, por la expresión de su cara, aquello no le apetecía mucho–. Uno de mis preferidos es macarrones con queso. ¿A ti qué te apetece?

–Una hamburguesa.

–Lo siento, no tengo.

–¿Te he dicho que tengo cosas para hacer sándwiches en la nevera? Salami, pastrami, jamón, carne asada y queso. Con pan francés.

–Suena estupendo, pero yo te estoy ofreciendo algo calentito.

–Ya. Te lo agradezco, pero paso de la

pasta con atún –dijo levantándose de la cama en dirección a la nevera portátil.

–Haz lo que te dé la gana –murmuró Sam–. Como siempre.

–¿Qué has querido decir con eso? –preguntó Karen parándose en seco.

–¿Qué?

–Te he oído. Lo has dicho en bajito, pero tienes un tono de voz muy alto. ¿Qué has querido decir con eso de que hago lo que me da la gana?

–Nada –contestó pensando que no lo tendría que haber dicho. Se había arrepentido en cuanto las palabras habían salido de su boca. No había motivo para hablar del tema otra vez. Karen era una cabezota. Lo había dejado y no iba a cambiar de opinión. Así que la pregunta era: ¿quería pasarse los próximos días discutiendo con la única mujer que le había interesado de veras?

–Cobarde –respondió Karen.

Sam la miró y ella le aguantó la mirada. Parecía que lo único que iba a hacer con Karen aquellos días iba a ser pelearse.

Capítulo Cuatro

«Me parece que me he puesto un poco desagradable», pensó Karen mirando aquellos ojos color ámbar. A ningún hombre le gustaba que le llamaran cobarde y, menos aún, a un marine.

–¿Cobarde? –repitió Sam atónito–. ¿Me estás llamando cobarde? ¡Ja! Le dijo la sartén al cazo, como decías tú antes.

–Bueno, quizá no tendría que haberte llamado cobarde...

–¿Quizás?

–Bueno, no debería haberlo hecho –admitió–, pero eso no te da derecho a llamarme ciertas cosas.

–Yo no fui el que terminó con una cosa que estaba yendo bien, Karen –le recordó–. No fui yo el que tuvo miedo de seguir con una persona. No fui yo el que dijo «se acabó» y no se molestó en dar una explicación.

Era cierto, no le había dado ninguna explicación y se la debía. Intentar que lo comprendiera hubiera sido más doloroso que irse sin más.

–Tenía mis razones.

–Sí, pero te daba miedo compartirlas conmigo.

–No me daba miedo –dijo dando un paso sin acordarse de los algodones de los pies. Maldición. Fue hacia la pared y volvió. Aquella habitación era demasiado pequeña.

–Entonces, ¿por qué? –preguntó Sam–. ¿Por qué no me dijiste qué estaba ocurriendo?

Karen cruzó los brazos en señal de defensa. No quería volver a hablar de aquel tema. No había querido hablar de ello entonces y no quería hacerlo en esos momentos. No era el momento. Ni siquiera sabían cuánto tiempo iban a tener que pasar juntos.

–Es privado –contestó Karen con la esperanza de que la dejara en paz.

–¿Privado? –preguntó asombrado mirándola como si estuviera loca–. ¿Es tan privado como para no decírselo al hombre que ha explorado todos y cada uno de los rincones de tu cuerpo haciéndote el amor?

Karen sintió un escalofrío por la espalda al recordar aquellos momentos. Las manos de Sam en su espalda, el roce de sus piernas y su respiración moviéndole el pelo mientras la abrazaba durmiendo.

Maldición. Aquello no era justo. No podía utilizar los recuerdos para desarmarla.

—No —dijo luchando contra el nudo que se le había formado en la garganta. Quizás hubiera sido mejor enfrentarse al huracán. Al menos, así, solo habría estado en peligro su cuerpo, no su corazón ni su alma.

—¿No qué? —preguntó suavemente—. ¿Que no recuerde lo que compartimos? ¿O que no hable de ello?

—Las dos cosas —contestó moviendo la cabeza intentando hacer desaparecer los recuerdos—. Ninguna de las dos.

Sam se acercó a ella y Karen retrocedió. No lo temía. No. Nunca lo había temido, ni siquiera cuando habían discutido. En realidad, era todo lo contrario. Lo que temía era no poder controlar el deseo de abrazarlo si la tocaba. Maldición. Llevaban más de dos meses sin verse. ¿No era tiempo suficiente para controlar el deseo que la invadía?

No tendría que resultar tan difícil alejarse de él cuando sabía que era lo que debía hacer.

—Esto no es justo —murmuró Karen enfadada consigo misma por la reacción de su cuerpo ante la presencia de Sam. Por Dios, ya no era una adolescente loca por el capitán del equipo de fútbol.

–¿Justo? ¿Quieres justicia? Maldita sea, Karen, teníamos algo maravilloso y tú te lo cargaste –dijo asombrado.

–No fue tan fácil –contestó Karen intentando ignorar el dolor de la voz de Sam y la acusación implícita en sus palabras. ¿Cómo podía pensar que le había resultado fácil? Dos meses después, seguía echándole de menos, deseándolo. ¿Fácil? Había sido lo más difícil que había hecho en su vida.

–Yo creo que para ti, sí –dijo Sam alzando los brazos y dejándolos caer–. Fue como «aquí tienes tus maletas y no hagas ruido al salir, por favor».

«Tiene razón», pensó Karen. Era verdad. Se dirigió al baño. Salió corriendo y, con las prisas por acabar con todo aquello, no le había dado la más mínima explicación. No había tenido valor para exponer sus razones. No había querido darle la oportunidad de rebartírselas.

Se le había ocurrido la loca idea de que si cortaba por lo sano sería más fácil para ambos. Había sido una estupidez. Fue como creer que a alguien que le arrancan un brazo le va a importar menos porque haya sido de cuajo y no poco a poco.

Lo miró a los ojos, aquellos ojos de color whisky, llenos de dolor y rabia.

–Hice lo que tenía que hacer –afirmó. Intentó sonar segura de sí misma, pero las dudas estaban haciendo mella en su decisión.

–Eso dijiste –murmuró Sam bruscamente. Karen se estremeció. ¿Cuántas veces había oído ese tono ronco en mitad de la oscuridad de la noche?

Pensar en aquello no le ayudaba en absoluto.

–Mira, Sam –dijo agarrando la puerta del baño–, declaramos una tregua, ¿no? Fue idea tuya.

Sam la miró detenidamente y luego se pasó las manos por la cara.

–Muy bien. No nos pelearemos, pero vamos a hablar.

A Karen se le hizo un nudo en la boca del estómago. Estaba atrapada en aquella habitación con Sam. A decir por la expresión de su cara, las cosas iban a ir a peor entre ellos.

Sam golpeó el marco de la puerta con ambas manos.

–Estamos aquí atrapados, Karen. No podemos huir. No podemos escondernos. Y, antes de que termine el huracán, tú y yo vamos a dejar claras unas cuantas cosas.

Nunca le había consentido aquello de

«yo soy el marine y yo soy el que da las órdenes» y no lo iba a hacer en esos momentos.

–Hablaremos cuando yo esté preparada para hablar –le espetó con firmeza.

–Claro que hablaremos –le aseguró Sam.

Agresivo, eso era lo que era. Simplemente agresivo. Ese era el tipo de defectos que debía recordar, se dijo Karen. Pero no. Su cerebro se empeñaba en recordar su ternura, su forma de hacer el amor, su risa. Si se hubiera dedicado a recordar lo marimandón que era, seguramente ya se habría olvidado de él.

–Atrás, sargento –dijo cerrando la puerta del baño. No iba a pedir perdón por lo que sentía y, desde luego, no iba a explicárselo. No era el momento.

Sam apoyó una mano en la puerta para que no se cerrara.

–¿Qué haces?

Karen le quitó la mano.

–Me voy a duchar, si al Maestro del Universo le parece bien.

Dio un portazo y echó aquel patético cerrojo. Tendría que fiarse de Sam y de su sentido del honor para poder tener un poco de intimidad porque aquel cerrojo no aguantaría la arremetida de un niño de diez años.

Se apoyó en la puerta y miró al techo

verde que se estaba desconchando. En realidad, no veía el techo sino un ataúd plateado con una bandera por encima, rodeado de personas de luto. La visión se turbó por sus propias lágrimas. Apretó los párpados e intentó parar la sucesión de imágenes, pero, aunque lo logró por aquella vez, sabía que nunca la abandonarían. Siempre la acompañarían, siempre estarían allí, al acecho.

–Dúchate si quieres, Karen –dijo Sam desde el otro lado de la puerta–, pero tendrás que salir tarde o temprano y estaré aquí. Esperando.

Aquello le llegó al alma. Intentó no escuchar a su corazón dolorido. Él también estaría allí, como todas las noches cuando intentaba dormir para olvidarse de él y se lo encontraba en sueños.

Karen salió de la ducha y se secó. Sam sabía que había hecho lo correcto al posponer la conversación que tenían pendiente. Decidió darse él también una ducha antes.

Las conversaciones con Karen solían terminar en enfado, pasión o ambas cosas. Sabía que iba a tener que estar alerta para controlarse.

Quitó el vaho del espejo con la toalla y la

colgó. Estudió su reflejo y vio a un sargento de artillería de 34 años un poco cansado. La barba de tres días no ayudaba mucho. A las cuatro de la madrugada nadie está recién afeitado, aunque estaba acostumbrado a madrugar.

Karen y él llevaban despiertos toda la noche. Entre encontrar un motel, instalarse y pelearse, había sido una noche completita. Madrugada, más bien.

Agarró la maquinilla de afeitar y se afeitó rápidamente, se vistió y salió del baño, preparado para enfrentarse a Karen y hablar con ella.

Sin embargo, la habitación estaba vacía.

–Maldita sea –murmuró–. Como se haya ido, como haya huido otra vez... –no terminó la frase porque al abrir la puerta de la calle, una ráfaga de lluvia y viento se lo impidió.

Barrió con la mirada el aparcamiento. No debería de haber propiciado una confrontación. Por su culpa, porque no podía olvidarse del pasado, ella podía estar en peligro. No quería ni pensar en ella sola, con aquel tiempo.

Entonces, la vio. Detrás del coche. Con la cabeza y los brazos en alto hacia el cielo, su cuerpo azotado por el viento, con la ropa empapada, el pelo alborotado, haciendo frente a la furia de la tormenta.

No supo si sentirse contento o enfadado. Sam salió y fue hacia ella.

–¿Qué diablos estás haciendo? –le dijo a su espalda.

Karen ni siquiera se dio la vuelta. Siguió con la mirada fija en las nubes.

–Necesitaba aire. Necesitaba...

–¿Huir?

–Sí –admitió.

–De mí.

–En parte –dijo pasándose los dedos por el pelo– y en parte porque quería ver llegar la tormenta.

–Pero si llevamos toda la noche viéndola venir –le recordó moviendo la cabeza.

–No, hemos estado huyendo de ella. Preparándonos para hacerle frente, pero no la hemos sentido.

–¿Estás loca? –le preguntó al ver que volvía a levantar los brazos hacia el cielo como si esperara que el viento se la llevara.

–A lo mejor –dijo sonriendo a la lluvia–, pero me encanta el viento. Siempre me ha gustado. Cuando era pequeña, me encantaba sentarme en el césped y sentir el viento, como si yo formara parte de la tormenta –se rio–. Es muy difícil ver tormentas en Carolina del Sur, pero esta... –dijo agitando la cabellera al viento–. ¿No sientes la fuerza de la tormenta cuando te da el viento? Es casi eléctrico.

–Como te dé un rayo sí que va a ser eléctrico –le advirtió.

–Tú no lo entiendes.

Sam la agarró de un brazo y la giró hacia él.

–Lo que entiendo es que todos los habitantes de este estado están escondidos ante el paso del huracán Henry y tú te dedicas a darle la bienvenida como si se tratara de un novio que no ves hace tiempo –dijo pensando en que así sería como le gustaría que lo recibiera a él. La agarró de los hombros y la atrajo hacia sí. Mirando aquellos ojos azules se olvidó del viento, la lluvia y los relámpagos.

–Sam, ¿te importaría dejarlo? ¿Te importaría dejarlo un rato?

No quería dejarlo. Necesitaba respuestas. Quería tenerla entre sus brazos. Vio súplica en los ojos de aquella mujer fuerte y decidió esperar. Asintió y la abrazó fugaz pero profundamente. Le pasó un brazo por los hombros y se dirigieron a la habitación.

–Vamos a secarnos... de nuevo y vamos a intentar dormir un poco.

–Me parece bien –contestó Karen.

—Ya tendremos tiempo de hablar más tarde.

—Más tarde.

Sam tuvo la impresión de que ella tenía la esperanza de que él se hubiera olvidado de la conversación que tenían pendiente. No era así. Antes de que el huracán Henry hubiera terminado de azotar el sur de Estados Unidos, Sam Paretti habría averiguado qué le pasaba a Karen Beckett.

Capítulo Cinco

–Ciento noventa y nueve, doscientas –contó Sam terminando las flexiones. Agarró una toalla, se secó la cara, se puso la toalla sobre los hombros, se sentó apoyado en la pared y miró a Karen.

El silencio que reinaba en la habitación era aplastante. Fuera el ruido era infernal, pero dentro no se oía una mosca y eso le ponía nervioso.

Había intentado tener paciencia. No le resultaba fácil, pero le había prometido la noche anterior que esperaría, que no haría preguntas y, de momento, lo había cumplido. Pero un hombre no podía esperar para siempre y la paciencia no era precisamente una de sus virtudes.

Había albergado esperanzas de que, después de haber dormido unas horas, Karen hubiera cambiado de opinión, pero solo había servido para que se distanciara. La tensión en aquella habitación diminuta había aumentado y Sam notaba que se ahogaba cada vez que tomaba aire.

Karen no parecía molesta en absoluto. En realidad, parecía más feliz que unas castañuelas.

Llevaba horas haciendo solitarios. El ruido de las cartas estaba poniendo a Sam de los nervios. Justo cuando ya no podía más, Karen dejó las cartas y se puso a leer. Otra manera de pasar el rato sola. Hasta el momento, había conseguido ignorar la presencia de Sam en la habitación y su existencia.

La observó. Estaba tumbada en la cama, apoyada sobre unas cuantas almohadas, con la nariz metida en el libro y la mano en la caja de bombones. Tenía los auriculares puestos y Sam oía las notas de los saxofones.

Lo había dejado tan fuera como si le hubiera echado el cerrojo a la puerta.

Sam dobló las piernas y descansó los brazos encima mientras se fijaba en la cubierta del libro que la tenía tan fascinada. Era una mujer voluptuosa apoyada en un hombre puro músculo y de larga melena, que llevaba una gran espada en una mano y con la otra abrazaba a aquella mujer de cintura de avispa. Una novela rosa. Lo estaba ignorando y estaba leyendo una novela de amor.

Aquello no tenía ningún sentido. Allí estaba él, un hombre de carne y hueso, que la deseaba con el alma y, en vez de recurrir a él, se dedicaba a leer fantasías. Maldición, no era plato de gusto que prefiriera a aquel cachas.

Karen se cambió de postura, movió las caderas y se pasó el pie derecho por la pantorrilla izquierda. Sam la estudió y se dio cuenta de que estaba sonrojada y se estaba mordiendo el labio inferior. Karen tomó aire y pasó la página como si no pudiera dejar de leer. Se volvió a cambiar de postura y Sam se dio cuenta de que respiraba aceleradamente, vio sus pechos arriba y abajo.

Se le secó la boca.

La cabeza se le llenó de recuerdos. Imágenes de ellos dos, uno en brazos del otro. Recordó el tacto de su piel cuando la tocaba y la respuesta apasionada que producían en ella sus caricias. Algo en su interior se atenazó y tuvo que tragar para intentar combatir el deseo que lo invadía.

Solo observarla hacía que su pecho, y otros partes de su cuerpo, se pusieran tensas. Podría demostrarle que la realidad era mejor que la ficción. Se quitó la toalla de los hombros y la dejó en el suelo.

Ya había aguantado suficiente. Se puso de rodillas, le quitó uno de los auriculares y ella lo miró sorprendida.

–¿Qué te pasa que te mueves como si te estuvieran clavando alfileres?

–No me estoy moviendo –contestó nerviosa–. No es eso exactamente.

–Ya, ya –dijo admirando la curva de sus pechos–. Me estás poniendo nervioso de solo mirarte. Léeme eso –le pidió con curiosidad.

Karen lo miró y se quitó los auriculares.

–Tú lo has querido –dijo y comenzó a leer en voz alta.

«Gavin se acercó a ella y ella dio un paso atrás. No estaba muy lejos, pero sí lo suficiente como para hacer que fuera tras ella».

–Mmm… –no eran las palabras del escritor lo que lo alteraba sino la expresión de Karen, su voz jadeante. No podía más.

«Ya he esperado bastante –dijo él–. Se acercó, la obligó a echar la cabeza hacia atrás y le dio un beso en la boca, aquella boca de labios carnosos y exuberantes, un beso que hizo mella en sus defensas».

Karen se paró y tomó aire.

–¿Sigo? –le preguntó mirándolo de reojo.

–Sí –contestó acariciándole el muslo. Ella tembló y aquello le llegó a Sam al alma.

–Eh –murmuró dejando caer un poco los párpados–. Sam…

–No puedes parar ahora. Tengo que saber qué ocurre a continuación –contestó él suavemente.

–Ya veo –dijo con una sonrisa escéptica–. O sea que te interesa la historia.

–Claro. Es fascinante –dijo acariciándole de nuevo el muslo.

–De acuerdo –susurró alzando el libro.

«Katherine pasó sus dedos por el pelo de Gavin, le abrazó y su lengua se perdió en una danza frenética de necesidad. La pasión que la embargaba hizo que le flojearan las rodillas». Karen hizo una pausa, tragó saliva y continuó: «Él alargó un brazo y posó la mano sobre uno de sus pechos, lo que hizo que ella gimiera y se entregara, presa del deseo».

Sam pensó que ya sabía por qué aquellos libros se vendían tan bien. Tenía el deseo a flor de piel. Si hubiera apostado a que no podía estar más excitado habría perdido porque, al mirarla, todos sus nervios se tensaron al máximo y su autocontrol se esfumó.

–Eso sí que es un libro –dijo haciendo que Karen lo mirara.

Sus miradas se encontraron con la fuerza de una locomotora. Sam vio su propio deseo en aquellos ojos azules y reaccionó instintivamente. Se olvidó de la cordura, la agarró de la mano y la arrastró por la cama hasta él. Ella se dejó llevar, como si lo hubiera estado esperando.

–¿Qué te parece si escribimos una escena de amor nosotros? –le preguntó antes de besarla.

Degustó su boca, que era suya. Su lengua se perdió dentro para recordarle a Karen los maravillosos días que habían pasado juntos. Ella respondió con tanta pasión que Sam se quedó asombrado.

Tiró de ella y los dos terminaron en el suelo. Le pasó la mano por la espalda desnuda y su calor le llegó hasta el último hueso. Aquello era lo que necesitaba, lo que había echado de menos.

Sam le dio un beso desesperado que pedía pasión a gritos. Karen no lo defraudó. Se pegó a él y rodaron por toda la habitación hasta que se dieron con la pared.

Frenético por saborear, por tocar, por ver, por sentir todo aquello que se le había negado durante dos meses, Sam gimió y comenzó a besarle el cuello. Sintió el latido de su corazón, que iba a toda velocidad, bajo sus labios y aquello le encantó. Sintió sus uñas en la espalda cuando deslizó una mano para levantarle la camiseta. Deslizó la mano por aquella piel tersa y suave, redescubriendo todas y cada una de las curvas de aquel cuerpo. Tocó, exploró, reclamó su cuerpo y le recordó que lo que habían tenido no tenía precio.

Se separaron de la pared rodando. Karen, que estaba encima, le agarró la cara y le besó con urgencia. Le acarició el pecho y los hombros. Sam agarró la camiseta de Karen desde abajo y tiró hacia arriba.

Karen alzó los brazos para quitársela y la tiró detrás de ella. Se tumbó sobre él y sintió el calor de su piel. Sam estaba sintiendo tantas cosas que no podía procesarlas todas, pero no era suficiente.

Sam le agarró la cabeza con una mano y con la otra le tocó los pechos, primero uno y luego el otro. Paseó el pulgar y el índice alrededor de sus rígidos pezones. Karen gimió.

–Sam –murmuró arqueándose contra él.

–Lo sé, cariño –dijo bajando la mano más allá del abdomen de Karen–. Cuánto te he echado de menos, Karen –murmuró metiéndose uno de los pezones en la boca. Pasó la lengua alrededor y Karen le premió con un movimiento instintivo de acercamiento, que pedía más. Pasó el borde de los dientes por el pezón y sintió las uñas en la espalda. Sonrió y agarró la cintura elástica de los pantalones.

Se los quitó con un rápido movimiento y los tiró al otro lado de la habitación. Aquello no era un sueño. Era realidad. Estaban juntos de nuevo. Lo único que le separaba de aquello que tanto ansiaba era un trozo encaje verde.

Karen balanceó las caderas y tiró de la cintura del pantalón de Sam.

–Te deseo, Sam. Ahora –dijo con voz ronca.

–Yo también, cariño –contestó alejándose un momento para quitarse los pantalones. En un abrir y cerrar de ojos, estaba de nuevo a su lado abrazándola con fuerza.

Karen le pasó las manos por la espalda arriba y abajo, deprisa, como si estuviera tan desesperada por tocarle como él.

Sam hundió la cara en su cuello, aspiró su aroma profundamente como si fuera la última bocanada de aire que fuera a dar en su vida. Se estaba emborrachando de ella, como no había hecho con ninguna otra mujer antes.

Aquella magia, aquella asombrosa complicidad solo existía con Karen. Volver a experimentarla era como haber vuelto a nacer.

Karen gimió y se apretó contra él mientras él le acariciaba todo el cuerpo. Deslizó los dedos bajo la cinturilla de las braguitas y ella se arqueó, deseosa de sentirlo allí.

Le había echado tanto de menos. Su roce

la electrificaba, hacía que le hirviera la sangre y que su interior temblara. Le dolía el corazón. Sin embargo, supo que no debería de estar haciendo aquello, no debería dar rienda suelta a sus sentimientos. No debería disfrutar con el contacto de su piel.

Pero no podía pararlo. No tenía fuerzas para decirle que no. Le deseaba. Necesitaba saber, aunque solo fuera una vez más, lo que era sentir su cuerpo dentro del suyo.

Cuando sintió los dedos de Sam dentro de ella, todo resquicio de lógica se esfumó. Se acercó a él, lo abrazó con fuerza como para evitar caerse por un precipicio.

Sam volvió a chuparle los pezones. Karen gimió sin remedio y le clavó las uñas. Todo le daba vueltas y se le nubló la vista al tiempo que las sensaciones la invadían.

La ventana se movía por acción del viento y la lluvia. Fuera, el mundo era salvaje e indomable. Dentro, la misma pasión salvaje.

Sus caderas se movían al ritmo de las caricias de Sam. En ese momento, le quitó las braguitas como por arte de magia y Karen recordó que siempre había sido muy hábil con las manos.

Sam paseó los labios y la lengua por el cuerpo de Karen, a través de su tripa y hasta sus caderas. Le acarició todo el cuerpo hasta que Karen se revolvió de placer. Entonces, se arrodilló entre sus piernas y le tocó con las puntas de los dedos la cara interna de los muslos. Karen se estremeció, no podía respirar. La miró y vio el deseo de sus ojos. Ella no podía más, sentía la sangre bullir y el deseo que debía ser satisfecho. Alzó los brazos. Quería sentirlo dentro.

–Te deseo, Sam –susurró mojándose los labios–. No quería, pero te deseo.

–No tanto como yo a ti, cariño –dijo deslizando un dedo dentro de ella y explorando sus curvas más íntimas. Luego, metió otro y sonrió ante la respuesta de su cuerpo. Karen se moría de placer ante aquella caricia suave, pero no era suficiente. Karen alzó las caderas y él se tumbó sobre ella, despacio al principio, pero con decisión en el momento de penetrarla.

Karen gimió, echó la cabeza hacia atrás sobre el saco de dormir. Sus caderas se arquearon al recibirle, al darle la bienvenida. Sus cuerpos se fundieron en uno, al igual que sus almas. Karen movió las caderas para sentirlo. Aquel roce delicioso la hizo gemir de deseo. Levantó las piernas, lo rodeó y lo apresó como si tuviera miedo de que se fuera a ir.

Sam le agarró la cabeza con las manos y la miró a los ojos obligándola a mirarlo. Karen vio más de lo que habría querido en aquellos ojos dorados y pensó que, seguramente, luego aquello le preocuparía, pero en aquel momento lo único en lo que podía concentrarse era en aquella maravillosa sensación de volverlo a tener dentro.

Karen sentía fuegos artificiales por todo el cuerpo. Se sentía más viva que nunca.

Sam se movía fuera y dentro, emulando una vieja danza que con él siempre era diferente, siempre era como la primera vez. Karen sabía que nunca encontraría a nadie que la hiciera sentir así.

Sam seguía, cada vez más rápido, más fuerte. El aire entraba y salía de sus pulmones. Karen ya no podía pensar. Su cuerpo se preparó para la última explosión. Sabía que sería bestial.

—Ven conmigo, Karen —le dijo al oído invitándola a aquel mundo donde la había llevado tantas veces antes.

Sí, quería ir allí otra vez. Sí, deseaba a Sam y todo lo que pudiera darle. Quería experimentar la magia que tanto había echado de menos. Ya habría tiempo para arrepentirse. En ese momento, lo único importante era Sam.

—Sí —dijo, abrazándolo, besándolo mientras el mundo explotaba en mil colores.

Capítulo Seis

Cuando recuperó la cabeza, Sam se giró desenganchando sus cuerpos, pero se quedó todo lo cerca de ella que pudo. No quería dejar de abrazarla. Todavía no. Había pasado mucho tiempo. La apretó contra su pecho y tomó aire. Karen se apretujo contra él y Sam sintió que sus corazones latían acompasados. Le acarició la espalda con ternura, como si estuviera domando a un animal salvaje y sintió que se iba calmando.

Se quedó mirando al techo y pensando que siempre había sido así entre ellos. Un estallido de pasión y deseo seguido por un silencio en el que solo se oía dos corazones latiendo al unísono. Había echado de menos todo, su cercanía y su pasión, su risa, su genio.

Los últimos dos meses habían sido los más duros de su vida.

—Oh, Sam...

Sam se puso tenso. ¿Ya? ¿En cinco minutos ya se había arrepentido? Maldición.

–No digas nada, Karen –dijo besándola en la cabeza–. No digas que te arrepientes de que esto haya sucedido...

–No, yo...

–Lo digo en serio –la interrumpió mirándola a los ojos–. No me apetece oír arrepentimientos. Ahora, no.

–Sam –contestó con el ceño fruncido.

–Déjalo, Karen –murmuró–. No me dejes.

–No pienso. Lo que pasa es que me estoy clavando la cremallera de tu saco de dormir.

–Ah –dijo incorporándose y apartándola–. Lo siento.

–Ha merecido la pena –contestó echándose el pelo hacia atrás.

–Sí –dijo inclinándose para darle un beso–. La verdad es que sí.

–Pero... –dijo apartándose para que no se lo diera.

Sam esperó con impaciencia. Sabía lo que venía a continuación. La patada. Decidió que aquella vez no se lo iba a permitir. No importaba lo que dijera. Acababa de comprobar sus sentimientos. Nadie podía fingir tanta pasión. Le había deseado tanto como él a ella. Aunque no pudiera o no quisiera admitirlo.

Sam alzó una mano para retirarle el pelo

de la cara y se recreó en el tacto de aquel cabello dorado entre los dedos.

Karen movió la cabeza y abrió la boca para decir algo. Sam le puso los dedos sobre los labios. Se miraron a los ojos y Sam deslizó la mano hasta la curva de su trasero.

–Karen, esta noche no hay pasado ni futuro. Solo presente. Aquí y ahora. Nosotros dos.

–Esto no va a arreglar nada, Sam.

–A lo mejor no hay nada que arreglar –sugirió paseando la mirada por su rostro–. Quizás sea suficiente que ocurra.

–Pero...

–No hay peros –dijo dándole un beso que ella no rechazó.

–Ni pasado ni futuro. Solo esta noche –dijo Karen.

Se levantó, le puso los brazos alrededor del cuello y lo besó lenta y fogosamente. Se apretó contra él y sus pechos se fundieron con su torso.

Sam estaba perdido.

Se tumbaron en la cama y Sam decidió ir despacio, torturarse con la espera. Quería disfrutar de aquel momento en el que solo importaban ellos dos.

Las sábanas estaban frías y la cama crujió cuando colocó a Karen en mitad del colchón. Se tumbó a su lado. Siempre habían funcionado muy bien juntos y quería recordárselo, quería que supiera lo que se estaba perdiendo.

Sam estudió el cuerpo de Karen a la luz de la lámpara de noche. Se fijó en todo, milímetro a milímetro y se lo grabó en la memoria para que, pasara lo que pasara después de aquella noche, siempre lo acompañara. No sabía si sería una buena idea o no.

—Sam, ¿qué estamos haciendo? —preguntó poniéndole una mano en el pecho.

—Lo que estamos predestinados a hacer —contestó deslizando una mano por sus caderas hasta el muslo.

—Hemos nacido para hacernos daño el uno al otro —murmuró Karen mordiéndose el labio inferior.

—Esta noche, no.

—No, esta noche, no —dijo Karen tragando saliva.

Sam le chupó un pezón, lo lamió y succionó. Al oírla gemir, todo él se tensó. Karen lo besó y se retorció bajo él. No podía creer que se estuviera muriendo de pasión de nuevo. Hacía pocos minutos que había sentido un clímax sorprendente que la había dejado exhausta y, de repente, aquello estaba retomando con más fuerza.

Solo Sam provocaba aquellas reacciones en ella. Era capaz de hacer que todas su terminaciones nerviosas se electrificaran hasta tal punto que Karen se preguntaba cómo no brillaba en la oscuridad. Cuánto le había echado de menos.

Sam estaba centrado en sus pechos. La atormentó con lentitud. Karen sintió que se le aceleraba el corazón y Sam no paraba. Cada vez iba más rápido. Karen jadeaba.

Sentía las manos de Sam por todas partes. Fuertes, decididas y suaves, explorando su cuerpo. Karen sintió el frío de las sábanas, en contraste con el calor que irradiaba su cuerpo.

Oyó la tormenta fuera, nada comparado con el huracán que reinaba dentro de la habitación.

–Sam, por favor –murmuró.

–Aquí estoy, cariño –susurró–. Te voy a hacer enloquecer.

Karen quería decirle que ya lo había conseguido, pero no le salían las palabras.

–Dios mío... –dijo apretando las sábanas con los puños mientras Sam recorría su cuerpo. Recorrió su abdomen a besos, desde los pechos, y siguió bajando. Le pasó la lengua por la piel. La mordisqueó. Y siguió entre las piernas, hasta aquel triángulo oscuro.

–Sam...

–Tranquila, cariño –dijo arrodillándose junto a la cama y colocándola en posición. Karen sabía lo que le iba a hacer a continuación y ya estaba experimentando el placer que sabía que producía.

Sam la colocó en el borde del colchón con una pierna a cada lado de la cabeza. Le tocó la entrepierna con la punta de los dedos y Karen tembló de deseo e impaciencia. Sam le puso las manos en las caderas y le besó la parte interna de los muslos. Karen se arqueó y gimió a medida que él fue subiendo. Estaba tan cerca, pensó Karen mientras le agarraba de los hombros. Solo estaba a un milímetro. Karen aguantó la respiración. Cuando llegó, Karen suspiró y subió las caderas, las movió y le ofreció más con la esperanza de que lo quisiera todo. Sam la besó y degustó con labios y lengua.

Karen gimió, le clavó las uñas en los hombros y disfrutó de aquellos círculos que le dibujaba con la lengua en el punto más sensible de su cuerpo. Perdió el control, tomó aire y lo miró. Vio cómo su boca le hacía cosas que no había imaginado.

Karen se abandonó a aquella sensación

salvaje. Apartó todos los pensamientos de su cabeza y se concentró en la boca de Sam. Karen jadeaba. Se acercaba el momento de placer más sublime

Con la primera descarga, gritó su nombre y las descargas se repitieron hasta adentrarse en un mundo del que parecía que solo Sam tenía el mapa para llegar.

Todavía no había dejado de temblar cuando lo sintió encima y dentro. Karen se movió para darle la bienvenida y para ayudarle a que él también obtuviera su merecido placer. Lo besó y lo abrazó con fuerza.

Karen daba vueltas en la cama intentando escapar de aquel sueño, pero no podía. Los truenos de la tormenta se convirtieron en salvas en su pesadilla. El cielo estaba gris sobre el cementerio y amenazaba lluvia sobre los que se habían reunido para dar el último adiós a un marine caído.

Karen estaba sentada en la primera fila en una silla de metal plegable y fría. Sintió que la brisa le acariciaba la mejilla, como un beso fantasmal.

Oía a la gente tras ella comentar «qué desgracia», «qué pena». Incluso oyó a alguien que preguntaba: «¿Se habrá acordado ella de cancelar la iglesia? Se iban a casar el mes que viene». Le hubiera gustado decirles que se había encargado de todo, pero no podía hablar. No podía moverse. Se sentía como congelada, por dentro y por fuera.

Aquel frío la había acompañado desde aquella tarde en la que había visto a dos marines que se bajaban de un coche delante de su casa. Iban vestidos de azul y se acercaron despacio hasta la puerta principal. Supo inmediatamente a lo que habían ido. Sabía el procedimiento que se seguía para informar de la muerte de un marine.

Agarró con fuerza la bandera que tenía sobre el regazo como si le fuera la vida en ello. Le dieron a ella la bandera de Dave porque no había nadie más. No tenía padres ni familiares. Solo una prometida que ya no estrenaría su vestido de novia.

Miró el féretro como si aquello no estuviera sucediendo. Volvió a oír los disparos que la asustaban. Deseó oír su risa mientras le decía que todo había sido un error. Pero no lo era. Dave Kendrick, marine de los Estados Unidos, yacía muerto en aquel ataúd y nadie ni nada podía remediarlo.

Entonces, el sueño cambió. Los colores se tornaron más vivos. Las personas de luto desaparecieron y se encontró sola con un ataúd abierto. Las flores se abrían en el césped ante el roce de la lluvia. Se levantó con la bandera abrazada y se acercó al féretro aunque sabía que no debería hacerlo. El viento aulló, los árboles se movieron y cayeron hojas a su alrededor. Con el corazón en un puño, se dijo que no debía acercarse, que no debía mirar.

Pero lo hizo. No vio la cara de Dave sino la de Sam, fría y rígida. Se despertó llorando.

—¡Karen! No pasa nada, solo es un sueño. Estás bien. Estás bien, aquí, conmigo —dijo la suave voz de Sam.

Karen sintió su roce, sintió que la sacaba del sueño y la abrazaba. Oyó cómo le latía el corazón al apoyar la cabeza sobre su pecho, pero no era suficiente para que el sueño la abandonara.

El dolor la invadió y una lluvia de dardos le dieron en el corazón y la dejaron malherida.

—Estás bien —murmuró varias veces—. Estás a salvo. Estás vivo.

—Claro que estoy vivo, cariño —contestó Sam acariciándole la espalda para calmarla—. Estoy aquí, contigo.

No está muerto. No está frío e inerte. Está aquí, caliente y fuerte.

–Demuéstramelo –dijo Karen pasando las uñas por su pecho, aquel pecho como esculpido en roca–. Demuéstramelo ahora.

Antes de que Sam pudiera reaccionar, Karen le puso tumbado boca arriba y se puso encima de él a horcajadas. Le acarició el pecho, despacio, sintiendo el latido de su corazón con las palmas de las manos. Mirándole a los ojos, le agarró las manos y se las puso sobre los pechos. Sam se los acarició con ternura, ella se agachó y le besó amorosamente, con firmeza, mientras sentía cómo respondía el cuerpo masculino.

Sam gimió al tocarle y pellizcarle los pezones. Aquellos dardos de placer fueron directos al blanco. Lo deseaba. Deseaba sentir de nuevo su fuerza dentro de ella. Necesitaba borrar aquel sueño. Comenzó a cabalgar sobre él, despacio, haciendo que entrara y saliera de ella.

Karen suspiró al oírle gemir y sentir su garra poderosa en los pechos. Sam levantó las caderas instintivamente, pero Karen le disuadió.

–No –dijo sin aliento–, esta vez me toca a mí. Esta vez mando yo. Yo te guío, sargento.

–Muy bien –susurró poniéndole las manos en la cintura.

Karen arqueó la espalda, deleitándose en

el movimiento, disfrutando al verlo disfrutar a él viéndola tan entregada. En cuanto se produjo el primer temblor, se dejó llevar por la magia, por aquello tan sorprendente que tenían entre los dos.

Los relámpagos resplandecían a través de las ventanas y la lluvia golpeaba los cristales, el viento aullaba y Karen decidió poseerlo en cuerpo y alma.

Capítulo Siete

Al abrir los ojos, Karen se dio cuenta de que se debía de haber quedado dormida, porque estaba arropada y Sam había apagado la luz de la mesilla.

Karen se movió lentamente, desperezó los músculos y suspiró apoyándose en la almohada. Hacía meses que no se encontraba tan bien, tan relajada. Por lo menos, físicamente. Su cabeza ya era otra cosa. Se acurrucó en posición fetal, con las rodillas prácticamente en la barbilla. Buena señal.

En mitad de aquel silencio relativo, si no hubiera sido por la tormenta y la radio de Sam, Karen hizo repaso mental a lo que había sucedido en las últimas horas. Un escalofrío le recorrió el cuerpo y sintió que le ardía la piel.

¿Cómo podía haber sido tan estúpida? Había cortado con él hacía dos meses. Había conseguido vencer el deseo de verlo durante aquel tiempo y, en unas cuantas horas, lo había tirado todo por la borda por pasar un buen rato. Bueno, un rato estupendo. ¿Y qué iba a decir o hacer? ¿Sería capaz de mirarle a los ojos y decirle: «Eh, muchas gracias por el sexo, pero me tengo que ir»?

No, no iba a ser tan fácil. Conocía demasiado bien a Sam Paretti.

–Estás despierta –dijo Sam.

Hablando del rey de Roma.

–No del todo –contestó Karen tapándose más. Quizás si se estaba quieta, él no insistiría.

–No te irás a quedar debajo de las sábanas todo el día…

–A lo mejor –dijo pensando que era una gallina y que lo único que quería era un agujero donde meter la cabeza.

–Karen –comentó Sam en tono serio–, tenemos que hablar.

Karen se estremeció. Maldición. ¿No había tenido bastante con el sexo? ¿No era suficiente aquella magia? ¿Además quería hablar? Y pensar que había mujeres en ese mismo momento sufriendo porque su pareja no quería hablar con ellas. Las cosas no siempre eran como una quería.

–¿Karen?

–Karen está durmiendo. Deja tu mensaje después de la señal…

–Muy bien. El mensaje es el siguiente: Karen despiértate y enfréntate a la vida.

–Es demasiado temprano –contestó pensando que ni siquiera sabía qué día ni qué hora era. Le daba igual, la verdad.

Sam tiró de la sábana a la altura de los pies. Karen siguió en sus trece, no pensaba moverse. Estaba desnuda todavía.

–No me pienso mover de aquí –dijo Sam suspirando disgustado.

–Eres el hombre más testarudo que he conocido jamás.

–Mira quién fue a hablar.

Bien. Estaba claro que no se iba a poder escapar. Maldición. Karen tomó aire y apartó las sábanas. Sam estaba sentado a los pies de la cama, con una camiseta apretada y unos minúsculos pantalocitos de hacer deporte. Karen no pudo evitar observar aquellas piernas tan fuertes, pasear la mirada por su pecho y encontrarse con sus ojos. La mirada de Sam carecía de cualquier rastro de la pasión que había albergado horas antes.

Se parecía más a la que tenía cuando se habían encontrado en la autopista. Enfadado, desconfiado e impaciente.

–Si vamos a tener una de nuestras charlas, necesito un café –suspiró Karen resignada.

–No hay problema –contestó Sam sirviéndole una taza.

«Claro, cómo no, lo tenía todo previsto», pensó Karen.

Karen puso varias almohadas contra el cabecero y se acomodó. Agarró la taza de café que Sam le tendía y aspiró el aroma. Tenía la esperanza de que el café le despejara la mente y la preparara para la batalla.

–Muy bien, escúpelo –indicó Karen dando un sorbo al café. Tiró de las sábanas para cubrirse los pechos desnudos y miró a Sam.

–Quiero saber qué demonios está ocurriendo, Karen –dijo Sam yendo directo al grano–. No quiero más excusas, solo quiero la verdad, la verdad que has estado dos meses sin querer contarme.

–A veces, la verdad es peor. Creo que es mejor que dejemos las cosas como están.

–¿Cómo están? –repitió incrédulo–. ¿Tú llorando y yo sin tener ni idea de lo que pasa? Estupendo, bonito plan.

–Olvídalo –dijo apretando la taza–. No tienes ni idea.

–Si me contaras qué pasa, tendría idea –contestó mirándola–. Necesito saber qué está pasando en tu cabecita –comentó en aquel tono paciente que a Karen tanto enfurecía–. Hemos estado varias horas haciéndonos el amor y ha sido maravilloso. Como siempre fue entre nosotros. Hasta que te fuiste sin darme la más mínima explicación. Maldita sea, me merezco una explicación.

–Sí –murmuró Karen–, supongo que tienes razón– le habría gustado que se la diera otra persona.

–Por fin, algún progreso.

–No te va a gustar.

–Eso es lo de menos a estas alturas.

Karen tomó aire y se fijó en la camiseta de Sam. Aquel mensaje que tenía escrito resumía por qué no había futuro con aquel hombre. «Si hay algo que destruir, llame a los marines».

–¿Qué? –preguntó Sam dándose cuenta de que su expresión había cambiado.

–Tu camiseta –contestó tomando un poco más de café.

–¿Qué le pasa?

–Nada, es que no entiendo cómo alguien puede sentirse orgulloso de ser destructivo.

–Es solo una camiseta, Karen.

–No, no lo es. Es la actitud de los marines.

–¿Qué quieres decir con eso? –preguntó Sam cruzándose de brazos.

Karen le miró a los ojos y se sintió desarmada. ¿Qué tenía aquel hombre que la afectaba tan rápido? ¿Por qué le costaba concentrarse en la conversación?

–¿Por qué te hiciste marine?

–Mi padre era marine, mis dos hermanos, también… –contestó visiblemente confuso.

–O sea, porque era lo que se suponía que debías hacer –dijo preguntándose por qué los militares creían que ser marine era una buena opción. Sam podría haber sido cualquier cosa que se hubiera propuesto. Pero, no, había decidido alistarse en un cuerpo cuyos miembros se sentían orgullosos de ser los primeros en desembarcar en situaciones de peligro y los últimos en irse. ¿Por qué?

–No, no fue por eso –contestó. Sabía que debía decirle la verdad completa si quería que ella fuera sincera–. Quería hacerlo. Me gustaba la idea de servir a mi país. Ser útil. Formar parte de algo importante.

–¿Útil? ¿A ti te parece útil luchar y matar por un trozo de tierra en un país sin nombre de por ahí? –le espetó Karen dejando la taza sobre la mesilla. Sam se quedó boquiabierto.

Sam sintió que lo invadía la ira. No le importaba que se metiera con él, pero no iba a permitir que degradara a todo el cuerpo de marines porque se hubiera enfadado con uno de ellos.

–No matamos por un trozo de tierra.

–¿Ah no?

–Luchamos cuando nos lo ordenan –contestó intentando controlarse–. Vamos a donde nos envían. Nuestro trabajo es defender, no destruir.

Karen se rió.

–¿De qué te ríes?

–No deberías llevar esa camiseta, entonces –le dijo agitando la mano.

–Ya te he dicho que solo es una camiseta. Mira, Karen…

–No, querías hablar, pues vamos a hablar –dijo arrodillándose y cubriéndose con las sábanas como si fueran un escudo.

–No estamos hablando, me estás atacando. No es lo mismo –apuntó enfadado, pero con curiosidad. ¿Por qué, de repente, le preocupaba tanto que fuera marine? Nunca había dicho nada al respecto. Y no se estaba metiendo con él sino con todo el cuerpo.

–Eres marine, ¿no? Pues defiéndete.

–Desde luego.

–No creo que puedas. Tú enseñas a hombres y mujeres a ser tiradores, a matar.

–Es cierto. Les enseño –contestó apretando los dientes–. Les enseño a defenderse. Les enseño a salir vivos de una situación de peligro.

–Ahí voy. ¿Por qué te gusta un trabajo que está rodeado de muerte?

–Porque es importante –contestó sintiendo que se le estaba agotando la paciencia–. Lo que hago, lo que hacemos los marines, es importante. Para el país. Para ti. Para todos los que pueden irse a la cama tranquilamente por las noches. Dios, Karen, tú me conoces. ¿Crees que me hice marine para destruir? –dijo poniéndose en pie y acercándose a ella.

Karen se sonrojó y bajó la mirada.

–¿Te crees que solo tenemos misiones de guerra? ¿Y qué pasa con las humanitarias? ¿Te has olvidado de Somalia, de Panamá y de todas las demás? Los marines se juegan la vida para ayudar a los demás –dijo poniéndole una mano sobre la cabeza–. Por eso creo que lo que hago es importante.

La habitación quedó en silencio.

–De acuerdo, es importante, pero ¿por qué tú? –dijo suavemente.

–¿Y por qué no?

Sam la observó mientras ella se estiraba, de rodillas, y lo miraba. En aquellos ojos, descubrió un antiguo halo de dolor.

–Sam, podrías haber hecho lo que hubieras querido. Tu padre tiene una de las empresas de ordenadores más importantes del país. Pero, no, en vez de llevar una vida normal, preferiste convertirte en una especie de John Wayne. ¿Por qué?

Vaya, su padre le solía hacer la misma pregunta a menudo. El viejo Paretti había sido marine hasta que había montado un negocio en aquel entonces nuevo que había tenido ganancias millonarias. Se había retirado del cuerpo y no paraba de insistir a sus hijos para que hicieran lo mismo y trabajaran con él.

Sin embargo, no tenía nada que hacer ni con él ni con sus hermanos.

–Porque estar sentado detrás de un ordenador no es lo que yo entiendo por un trabajo normal.

–¡Ah! –exclamó–, pero enseñar a tus muchachos a disparar, sí.

–Exacto –contestó agarrándola de los hombros–. Lo que yo hago es importante. Les enseño a disparar bien. Les enseño a no asomar la cabeza. Les enseño a no perder la calma. Les enseño a sobrevivir –dijo sin la más mínima intención de pedir perdón por hacer un trabajo bien hecho–. Me parece bastante más importante que enseñarles a mandar correos electrónicos.

–No importa, ¿verdad?

–¿Qué?

–Lo que les enseñes. Aunque sepan todo, recuerden todo, lo hagan todo bien… algunos morirán.

–Todos morimos, Karen. Seas marine o no. Nadie es inmortal.

–No todos morimos de un tiro –murmuró liberándose de sus manos.

–Es cierto. No todos los marines mueren de un tiro, tampoco.

–Puede que no, pero tienen más posibilidades, ¿no?

Karen se retiró el pelo de la cara y se volvió a sentar con la espalda en el cabecero y la mirada perdida.

Sam vio el sentimiento que reflejaban aquellos ojos. Había visto antes alegría, lágrimas y enfado, pero nunca había visto miedo. ¿Por eso lo había dejado? ¿Cómo podía luchar contra aquello?

–Es un trabajo peligroso, pero también es significativo.

Karen suspiró.

–¿Qué os pasa a todos vosotros?

–¿A nosotros? ¿De quién más estamos hablando?

–De todos vosotros. De todos los descerebrados de tu sexo. Si el mundo lo gobernaran las mujeres, no se necesitarían militares. Nosotras arreglaríamos las cosas hablando.

Nosotras no enviaríamos a nuestros hijos a luchar.

—¿Estás segura de eso? —preguntó sintiéndose herido—. ¿Te dice algo el nombre de Margaret Thatcher? ¿Y Golda Meir? Esas mujeres eran fuertes, no estaban dispuestas a dejar que nadie invadiera su país y no tuvieron reparos en acompañar sus palabras con un poco de acción. Además, te recuerdo que también hay miles de mujeres marines. Ellas están tan orgullosas como los hombres, o sea que no creo que sea una cuestión de sexo.

—De acuerdo, muy bien. Tienes razón. No es una cosa de hombres sino de militares.

—¿A santo de qué viene todo esto, Karen? ¿Por qué, de repente, no puedes ni ver al cuerpo de marines?

—No es de repente —contestó riéndose.

—Cuando empezamos a salir, no parecía que te importara mi trabajo.

—Cierto, pero eso era porque no creí... —se interrumpió agarrándose el pelo y poniéndoselo detrás de la nuca.

—¿No creías qué? ¿Que te ibas a enamorar de mí? —preguntó mirándola. La sábana se le había resbalado y podía contemplar su cuerpo desnudo.

—No quería que sucediera —dijo compungida.

El enfado dejó paso a la compasión. Sam se preguntó qué sería aquello que la atormentaba y que no había compartido con él.

–Me parece que me has estado ocultando algo –apuntó Sam con la convicción de que se estaban acercando a lo que tanto la atemorizaba.

–No me volverá a ocurrir –susurró Karen.

–¿Qué? –preguntó pasándole un brazo por el hombro.

–No pienso volver a ir a otro funeral militar. No volveré a aceptar una bandera y las condolencias de mi país.

Capítulo Ocho

–¿Qué quieres decir? –preguntó Sam confundido.

–Quiero decir –contestó Karen tragando fuerte para deshacer el nudo que se le había formado en la garganta–, que ya he pasado por eso. No pienso quererte. No pienso ir a tu funeral ni oír salvas en tu honor.

–De acuerdo, cuéntame. ¿Quién era?

–Mi prometido –contestó Karen. Le contó todo sobre Dave. Las palabras le salían a borbotones de la boca–. Él también era sargento de artillería –concluyó recordando borrosamente la cara de Dave Kendrick. Recordó su sonrisa, su forma de andar, su risa. Odiaba que los recuerdos se le hubieran casi borrado por completo aunque, en cierta manera, lo agradecía. Cuando pensaba en él ya solo sentía un leve y dulce dolor en el corazón, no aquel dolor desgarrador que había estado a punto de acabar con ella tres años antes–. Era bueno en su trabajo. Le gustaba tanto como a ti –dijo en tono acusador.

–¿Qué ocurrió?

–Un accidente. Un estúpido accidente. Una bala perdida en el campo de tiro y Dave murió –contestó recordando cómo su mundo había cambiado drásticamente en un momento. Le había llorado y había intentado rehacer su vida, pero en California no había podido y por eso se había mudado a Carolina del Sur, a casa de su abuela, donde había encontrado a otro marine.

El destino tenía un sentido del humor bastante asqueroso.

Karen se pasó ambas manos por la cara y tomó aire. Ya lo había soltado. Sam ya lo sabía. Entendería por qué tuvo que dejar aquella relación, por qué no podía permitir que fuera a más.

–A ver si lo he entendido –dijo Sam–. ¿Me dejas porque un marine del que estabas enamorada hace tres años murió en un accidente?

–Exacto –contestó Karen pensando que el tono de Sam no había sido comprensivo.

Sam se levantó de la cama y la miró fijamente. Abrió la boca para decir algo, la volvió a cerrar y sacudió la cabeza.

–Es lo más ilógico que he oído nunca –murmuró.

–¿Qué? –dijo Karen anonadada. ¿Para eso

le había confesado todo el sufrimiento por el que había pasado?

—No solo es una idiotez. Además, es de lo más egoísta —continuó Sam alzando los brazos.

—¿Egoísta? —repitió Karen levantándose de la cama con la sábana como si fuera una toga—. ¿Me estás diciendo que soy egoísta?

—Sí —le espetó Sam—. Lo dejaste, Karen, sin ni siquiera pararte a pensar cómo me sentía yo o qué pensaba. ¿Agarraste tus cosas y te fuiste porque me podía morir?

¿Por qué le sonaba tan estúpido en su boca? Karen se defendió.

—Dave era tan buen marine como tú y, aun así, murió. ¿Me puedes garantizar que a ti no te pasará lo mismo?

—Por supuesto que no.

—Pues eso —dijo encantada de que le diera la razón.

—¿Ese es tu razonamiento? —Karen se cruzó de brazos, alzó el mentón y lo miró desafiante—. Así que, si estuvieras casadas con un contable y se muriera encima de la mesa del despacho de un infarto, ¿nunca te fijarías en otro contable? —preguntó Sam con los brazos en jarras.

—No es lo mismo.

—¿Cuál es la diferencia?

–Tu tienes una profesión mucho más peligrosa que un contable.

–Y estoy entrenado para ello –apuntó.

–Dave, también.

–Porque un marine muriera no quiere decir que yo también me vaya a morir.

–Lo sé –dijo sintiendo un tremendo vacío. Nada de aquello iba a cambiar las cosas–, pero, ¿cómo esperas que me enfrente a estar enamorada de un hombre que tiene la misma profesión que mató a mi prometido?

Sam se acercó y le puso las manos sobre los hombros. Karen sintió su calor e intentó no pensar en cuánto lo iba a echar de menos. Sabía que su vida no sería la misma sin Sam Paretti.

–Si creyera que eso acabaría con tus temores –dijo Sam mirándola a los ojos–, dejaría el cuerpo –Karen sintió una chispa de esperanza, que pronto se esfumó–, pero sé que no serviría de nada. Karen, a ti no te da miedo el cuerpo, te da miedo el sufrimiento.

–Como a todo el mundo, ¿no?

–Sí, supongo que sí. La diferencia es que la mayoría de la gente se sobrepone y vive mientras que tú prefieres esconderte.

–Eso no es justo –protestó.

–¿Ah no? –dijo enmarcándole la cara con

las manos–. Prefieres darle la espalda a algo maravilloso a arriesgarte a perderlo. El problema es que, así, lo pierdes también y no lo disfrutas.

–No lo entiendes.

–No, cariño, eres tú la que no lo entiende –dijo Sam con pena–. La vida es una lotería. Todos los días corres el riesgo de que sea el último pero, si te pasas los días temiendo a la muerte, no vives. Eso es como enterrarse en vida.

Lo que le estaba diciendo no le parecía descabellado, pero temía al sufrimiento tremendamente y llevaba demasiado tiempo escondiéndose como para enfrentarse a ello en esos momentos. Se encontraba a gusto entre las sombras. A salvo. Enfrentarse a sus temores y vivir significaba poder resultar herida de nuevo.

La muerte de Dave la había desagarrado, pero lo que sentía por Sam era mucho más fuerte, mucho más profundo. Su muerte probablemente la mataría.

–No puedo. No puedo hacerlo, Sam.

Sam sintió como si le hubieran dado una patada en el estómago. Vio el miedo en los ojos de Karen y el nudo en el estómago se le hizo más fuerte. ¿Cómo podía luchar contra aquello? ¿Cómo podía hacerle entender que huir de los temores solo contribuye a alimentarlos?

La soltó y dejó caer los brazos. La pena se mezclaba con la frustración.

—¿Sabes una cosa, Karen? Seguramente, hiciste bien en irte.

—¿Qué?

—Lo mío es de por vida. Ser marine no es un trabajo, es una forma de ser. Si no puedes admitirlo, es mejor que lo hayamos dejado.

—Yo...

—Lo digo en serio. No te puedo garantizar que llegue a viejo. Nadie puede. La esposa de un marine es lo suficientemente fuerte como para vencer ese miedo. Los hombres y mujeres que están casados con miembros del cuerpo de marines entienden lo que hay que hacer y lo hacen para que sus parejas puedan desempeñar bien su trabajo.

—Lo sé y por eso...

—Por eso me dejaste —concluyó Sam vistiéndose—. Como te he dicho, hiciste lo correcto. No necesito una mujer que se preocupe por mí porque, entonces, yo me pasaría todo el día preocupado por ti y tus miedos y eso me distraería e incluso podría hacer que me mataran —le advirtió calzándose las botas y poniéndose la cazadora—. Si no eres la mujer que creía que eras, es mejor así, para los dos. Ahora lo entiendo.

La expresión de Karen hizo que Sam se sintiera como un auténtico malnacido, pero no podía hacer otra cosa. Podía luchar contra un enemigo, pero ¿cómo iba a luchar contra el fantasma de un marine fallecido?

—Sam...

—Vamos a dejar las cosas así, ¿de acuerdo? —dijo agarrando sus cosas.

—¿Te vas? —preguntó Karen.

Exacto. Necesitaba salir de aquella habitación. Necesitaba respirar y estar un rato solo.

—Sí, me voy a dar una vuelta. A ver si encuentro algún sitio para comprarte una hamburguesa.

Karen le sonrió apagadamente. Sam decidió irse para evitar cruzar la estancia, tomarla entre sus brazos e intentar convencerla con pasión, pero si las horas que habían pasado juntos no habían servido, no podía hacer nada más. Karen se sentía acorralada y estaba a la defensiva. Intentar convencerla en aquellos momentos solo serviría para que ambos resultaran heridos. Era mejor estar un rato separados.

Aun así, no podía evitar odiar la idea de dejarla sola. Desprotegida. Se aclaró la garganta y se acercó a ella. Le tendió una pistola.

—¿Para qué me das esto?

—Quiero que la tengas cerca mientras yo no esté. Seguramente, no habrá nadie por los alrededores, pero nunca se sabe y prefiero saber que, aunque estás sola, estás protegida.

—Yo prefiero saber que tú vas armado en mitad de todo ese caos.

—Tengo otra —dijo tocándose el bolsillo—. ¿Sabes algo de armas?

Karen tomó aire, agarró la pistola y le puso el seguro.

—No me gustan, pero sé usarlas. Dave me enseñó —Sam asintió y deseó que el bueno de Dave le hubiera enseñado otras cosas. Por ejemplo, tomar la vida como viene. No temer al amor porque la primera vez haya salido mal. Sin embargo, no podía enfadarse con un marine muerto por no haber preparado a la mujer que quería para su muerte—. Hizo un buen trabajo.

—Te habría caído bien —comentó Karen girándose para dejar la pistola en el cajón de la mesilla de noche—. Se parecía mucho a ti.

Sam sintió una punzada en el corazón y le entraron ganas de gritarle. Le dieron ganas de decirle que no se tomara tan a la ligera el regalo que se les había concedido, recordarle que no todo el mundo encuentra el amor y que apartarlo de uno es como escupir al destino en la cara. Decidió que no arreglaría nada.

–Nos gustaba el mismo tipo de mujer –comentó.

Karen alargó un brazo y lo posó sobre su antebrazo.

–Sam, yo…

–No te preocupes –se apresuró a cortar Sam para no tener que oír cómo se disculpaba por no quererle lo suficiente como para arriesgarse–. Cuanto antes me vaya, antes volveré –dijo poniéndose la capucha y girando el pomo de la puerta–. Cierra cuando yo me vaya y no le abras a nadie.

–De acuerdo –Sam asintió, abrió la puerta, dio un paso fuera y la cerró–. Ten cuidado –dijo Karen, pero ya era demasiado tarde. Se había ido.

El tiempo pasaba con lentitud. Las horas se arrastraban sin prisa.

Karen se puso unos vaqueros y una camiseta de Sam. Se dijo a sí misma que era porque las suyas eran más cómodas ya que eran grandes, pero la verdad, aunque no la quisiera admitir, era que le gustaba su olor. La camiseta olía a él y era casi como si la estuviera abrazando.

Se le saltaron las lágrimas mientras recorría la habitación por enésima vez. Si hubiera estado andando en línea recta, seguramente ya estaría en Montana, un lugar muy alejado, pero no lo suficiente como para apartar a Sam de su mente y de su corazón.

–Oh, Dios –murmuró. ¿Cómo se le había ocurrido que entendería las razones por las que lo había dejado? No había entendido nada. Era marine. De los pies a la cabeza. Exactamente igual que Dave.

Se acercó a la ventana, apartó la manta de Sam y miró fuera. Seguía lloviendo aunque menos intensamente. El cielo estaba negro y el viento aullaba como un alma en pena. Se vio reflejada en el cristal. Miró a la mujer del reflejo y se preguntó si Sam tendría razón. ¿No era lo suficientemente fuerte como para ser la esposa de un marine? ¿Se escondía detrás de sus miedos porque no quería admitir que no tenía la fuerza para aguantar la preocupación y las ausencias que entrañaba la vida militar?

Aquello era difícil de admitir. Si Dave no hubiera muerto, ¿la habría defraudado en el matrimonio? ¿Se habría convertido en una mujer sensible y débil? ¿Se habría ofendido

Dave porque ella hubiera intentado hacerle sentir menos de lo que era?

Aquellos pensamientos le daban vueltas en la cabeza. Fuera estaba oscuro y llovía. Sam estaba en algún lugar, en mitad del huracán. Karen apoyó la palma de la mano en el cristal, como si así pudiera estar en contacto con él.

No se dio cuenta de la incongruencia que era dejar a un hombre que la amaba y querer estar en contacto con él.

El viento lo azotaba.

La lluvia lo golpeaba.

Sam apenas se daba cuenta. Solo podía pensar en Karen.

Pasó al lado de edificios oscuros, de coches abandonados, de tiendas cerradas. Era como ser el último habitante del planeta.

Estaba empapado hasta los huesos, pero seguía andando, luchando contra el viento, porque necesitaba estar solo un rato para intentar dilucidar qué debía hacer. ¿Debía dejar a Karen? ¿Olvidarse de lo que habían compartido? ¿Olvidarse de lo que sentía cuando estaban juntos? Maldición, mucha gente se pasaba la vida entera buscando lo que ellos habían encontrado.

La mitad lógica de su cerebro seguía intentando pensar. «Si no acepta quién eres, ¿qué tipo de vida te espera?». Sin embargo, la lógica no podía competir con sus sentimientos. Además, no se le daba bien dejar las cosas a medias. ¿La iba a perder sin pelear?

Se paró en seco ante aquella idea.

Claro que no. ¿La dejaría si estuviera enferma o herida? No. Entonces, ¿cómo iba a darle la espalda porque estuviera asustada? Sonrió tímidamente a pesar de la lluvia. Miró al cielo.

–Siento que tú la perdieras, Dave, pero yo no estoy dispuesto a que me ocurra lo mismo.

No tenía ni idea de cómo iba a hacer para convencerla de que se arriesgara. No era la primera vez que Sam se enfrentaba a problemas graves y salía airoso. Ya se le ocurriría algo. Si no pudiera convencerla, no sería porque no lo hubiera intentado.

Sam vio a la derecha una luz. Sonrió y se apresuró a ir hacia ella, hacia el motel, hacia Karen, a la batalla.

Karen estaba acurrucada en la cama. Sam llevaba horas fuera y el silencio de la habitación estaba empezando a ponerle de los nervios.

Era impresionante lo grande que parecía aquella diminuta habitación cuando Sam no estaba. Cuánto deseaba que estuviera allí.

–Oh, por el amor del cielo –murmuró enfadada consigo misma–. Sam está enfadado contigo. No te entiendes ni tú misma.

El viento golpeó la puerta con tanta fuerza que parecía como si alguien estuviera intentando entrar. Karen sabía que no podía ser. No debía de haber muchos ladrones interesados en jugarse la vida en mitad de un huracán para robar el mobiliario de un lugar como aquel.

Aun así, se sintió mejor al saber que podía defenderse si lo necesitaba. Miró hacia el cajón donde estaba la pistola y sacudió la cabeza.

Irónico. Se sentía a salvo gracias a Dave, a su entrenamiento militar y a que se hubiera tomado el tiempo de enseñarle a disparar. También gracias a Sam, que le había proporcionado el arma que le permitiría defenderse.

Lo que realmente la asustaba era aquello que impedía que estuviera aterrorizada en aquellos momentos.

Capítulo Nueve

Al oír que llamaban a la puerta, se sobresaltó y saltó de la cama. Se tropezó con las mantas y se tuvo que apoyar para no caerse.

–¿Sam?

–Sí, soy yo. Abre.

Karen corrió la cadena y abrió la puerta. Sam entró como si acabara de salir de la ducha. Karen cerró la puerta y volvió a pasar la cadena. Entonces, se dio la vuelta hacia el hombre que tanto se alegraba de ver.

Había estado tres horas fuera y en aquel tiempo se lo había imaginado muerto en una zanja, volando en mitad de un torbellino como Dorothy y Totó o abandonándola de lo furioso que estaba. Al verlo allí de nuevo, se olvidó de la pelea que habían tenido y de que se había ido por su culpa.

Fue hacia él, le pasó los brazos por el cuello y hundió la cara en su hombro. No le importó empaparse ni que él no le devolviera el impulsivo abrazo. Le valía saber que estaba a salvo y con ella.

—¿Me has echado de menos? —preguntó Sam sonriendo.

Karen se apartó, pero sin bajar los brazos de su cuello y le miró a los ojos, que parecían mucho más calmados que hacía tres horas.

—Más o menos —contestó encogiéndose de hombros.

—¿Preocupada? —preguntó Sam con una ceja levantada.

—No —mintió.

—Sí que estás preocupada —replicó Sam tomándola de la cintura.

—Es que has estado tres horas fuera.

—¿Las has contado?

—Me he dado cuenta —dijo sin quererse admitir a sí misma lo bien que se sentía entre sus brazos. Después de la pelea y de que se hubiera ido, había creído que jamás volvería a experimentar aquella sensación.

Sam asintió y la soltó.

—Te estás mojando —dijo Sam apartándola y viendo que tenía marcados los dos pechos mojados en la camiseta—. Esa camiseta nunca me ha parecido más bonita.

Karen se sonrojó y se despegó la camiseta del cuerpo. Sam se dio la vuelta y se dirigió al baño a dejar la cazadora. Al volver a la habitación, le tendió una bolsa.

–¿Qué es?

–Una hamburguesa un poco fría y un poco vapuleada –contestó Sam sonriendo.

–¿Una hamburguesa? –repitió emocionada.

–No es de las buenas –admitió Sam quitándose la camiseta mojada y poniéndose una seca–, pero es todo lo que he podido encontrar. La he comprado en uno de esos supermercados de las gasolineras.

–Me has traído una hamburguesa –volvió a decir Karen metiendo la nariz en la bolsa y aspirando aquel maravilloso aroma. A pesar de la pelea, se había acordado de ella, había pensado en ella.

–Ni que te hubiera traído flores.

–Esto es mejor que traerme flores –dijo dándole un mordisco–. ¿Quieres?

–No, gracias –contestó quitándose los vaqueros y poniéndolos en la bañera junto a la cazadora.

A Karen se le quedó la hamburguesa en la garganta al ver a su héroe mojado, aquellas piernas musculosas, aquel pecho bajo la camiseta que ponía *Club de las 500 millas* y aquella sonrisa.

–¿No tienes hambre? –acertó a preguntar mientras él se ponía otros pantalones.

–No. Me tomé una hamburguesa en la gasolinera. He visto en las noticias que la tormenta está amainando.

–¿De verdad? –preguntó Karen sentándose en el borde del colchón. Tenía la hamburguesa en una mano y el envoltorio en la otra y lo vio acercarse.

–Sí –contestó pasándose ambas manos por el pelo–. Se espera que llueva esta noche, pero que termine mañana.

–Mañana –repitió Karen obligándose a dar otro mordisco a la hamburguesa, que, de repente, le sabía a basura.

–Nuestras pequeñas «vacaciones» están tocando a su fin.

–Eso parece –confirmó preguntándose por qué aquella idea no la hacía feliz.

–Tengo que volver a la base –dijo Sam sentándose junto a ella–. Volvemos a la vida real y dejamos esto atrás.

–Exacto –dijo sintiéndose fría y vacía por dentro.

–Eso es lo que querías, ¿no?

–Claro –dijo sin ninguna convicción.

Sam la observó y no pudo evitar sentir cierta esperanza al ver su reacción ante la noticia de que el huracán iba a pasar de largo. Si estuviera realmente segura de querer poner tierra entre ellos, estaría bailando de contento.

Sam pensó que el plan que había estado tramando podría funcionar. Se le había ocurrido de repente y estaba tan desesperado que se había agarrado a él como a un clavo ardiendo.

Se había dado cuenta de que un ataque frontal no era la manera de convencer a Karen de que se enfrentara a sus temores. Había decidido tomar una ruta especial. Atacar por el flanco, tomarla desprevenida, con la guardia bajada. Un ataque silencioso, pero definitivo.

No sabía si funcionaría, pero no podía estar con una mujer incapaz de hacer frente a la vida de un soldado. Karen era fuerte. Él lo sabía, pero ella, no. Ese era el problema.

Iba a intentar hacérselo entender. Merecía la pena intentarlo.

Karen dejó la hamburguesa a la mitad en la bolsa y la cerró.

–¿No tienes hambre? –preguntó Sam inocentemente con la esperanza de que se hubiera quedado sin apetito ante la idea de separarse.

–¿Eh? ¡Ah! –se encogió de hombros y se levantó–. No mucha, supongo –dijo mirando por la habitación y viendo todas sus cosas esparcidas–. Si nos tenemos que ir, me parece que tendríamos que empezar a hacer las maletas, ¿no?

–Sí –contestó Sam aunque no era eso exactamente lo que tenía en mente.

Karen agarró unos bombones que tenía en la mesilla. Le quitó a uno de ellos el envoltorio rojo brillante y se lo metió en la boca.

–Lo siento, Sam –dijo tras tragar el bombón.

–¿Por qué? –preguntó Sam metiéndose las manos en los bolsillos traseros de los vaqueros y mirándola.

No tuvo que esperar mucho.

–Ya sabes por qué. Por no ser lo que tú quieres. Por no hacer lo que tú quieres.

Sam asintió y se paseó pensativo por la habitación. Karen acababa de propiciar, sin saberlo, lo que él había estado esperando. Había llegado el momento de poner en marcha su plan y rezar para que funcionara.

–No pasa nada, Karen. Lo entiendo. Hay gente que no tiene la fuerza que se necesita para lidiar con la vida militar.

Karen se ofendió y Sam tuvo que disimular una sonrisa de satisfacción.

–No se trata de fuerza.

–Claro –contestó asintiendo–. Ya te he dicho que lo entiendo– casi oía los dientes de Karen rechinando. Quizá no quería o no podía correr el riesgo de casarse con él, pero no aguantaba que la acusara de no saber manejar la situación. Muy bien–. Sin embargo, mientras estaba fuera buscándote una hamburguesa, he estado pensando.

–Fenomenal.

–¿No quieres oír la brillante idea que se me ha ocurrido? –preguntó Sam reconociendo que la prefería enfadada a abatida.

–¿Debo sentarme?

–Si estás cansada, por supuesto.

–Me quedaré de pie.

–Lo suponía –dijo Sam sonriendo. La conocía mejor de lo que se conocía a sí misma. Karen Becektt era una mujer muy fuerte, testaruda y orgullosa, pero había sufrido tanto que no se atrevía a tomar lo que quería por miedo a volver a sufrir.

–¿Qué se te ha ocurrido, Sam? Y, por favor, no me vengas con que crees que sería mejor que me tomara un tiempo para recapacitar sobre nuestra ruptura. No cambiaría mi parecer. No me puedo casar contigo y eso es, inevitablemente, a lo que llegaríamos si siguiéramos juntos.

–No necesariamente –contestó Sam disfrutando del placer de ver aquellos ojos azules. Sintió una punzada de culpabilidad por un momento. Quizá no debería hacerlo, pero, si no lo intentaba, si se daba por vencido, los dos podrían perderse una increíble vida juntos. Sam decidió olvidarse de la culpa y seguir adelante. No era tan egoísta. Después de todo, estaba enamorada de él. Se apoyó en la pared y se cruzó de brazos como quien no quiere la cosa–. Verás, ahora que hemos puesto las cosas claras, no hay razón para que no sigamos viéndonos, ¿no?

–¿Qué? –dijo Karen sorprendida, alcanzando otro bombón–. ¿No lo dirás en serio?

–¿Por qué no? Estábamos bien juntos. Nos lo pasamos bien. Entonces, mientras tengamos claro que no vamos a pasar de ahí, ¿por qué no seguimos hasta que dure?

Sam aguantó la respiración mientras Karen consideraba la propuesta. Todo dependía de su reacción.

–Hay algo que no me cuadra. No sé todavía lo que es, pero hay algo –dijo mirándolo.

–No hay nada que no cuadre –contestó encogiéndose de hombros y apartándose de la pared. La agarró de los hombros y la acercó hacia sí–. Somos dos adultos que saben lo que hacen, ¿no?

–Sí, pero…

–Nos lo pasamos bien juntos, ¿no?

–Sí...

–Entonces, ¿dónde está el problema? –preguntó sonriendo y acariciándole la cara. Karen cerró los ojos ante la caricia y los volvió a abrir–. No tenemos nada que perder, Karen. Sé que no te quieres casar con un marine y yo no estoy dispuesto a dejar el cuerpo por nadie. Teniendo eso claro, ¿quién podría resultar herido?

–Sam –dijo Karen sacudiendo la cabeza–. No creo que sea una buena idea que nos sigamos viendo si sabemos que lo nuestro no va a ninguna parte.

Se la estaba jugando. Tenía que jugar bien sus cartas y sabía que había llegado el momento del gran farol.

–¿Asustada?

–No, no estoy asustada.

–Bien –contestó Sam rápidamente para que a Karen no le diera tiempo de pensar–. Entonces, ¿trato hecho?

–Esto es de locos.

–Puede.

–Nos arrepentiremos.

–No lo sabremos si no lo intentamos –dijo Sam esperando a ver si su orgullo le llevaba a aceptar la propuesta. Si aquello no resultaba, no sabía qué más hacer.

–¿Sin presiones? –preguntó Karen ladeando la cabeza para mirarlo.

–Sin presiones –contestó Sam, que sabía que presionar a Karen solo servía para conseguir que hiciera exactamente lo contrario de lo que se buscaba.

Ella asintió lentamente, dubitativa, y Sam dejó escapar un suspiro de alivio.

–De acuerdo –contestó Karen tendiéndole la mano–. Trato hecho.

Sam sonrió y se relajó por primera vez desde que se le había ocurrido aquel plan. Se dio cuenta de que ella le estaba tendiendo la mano.

–Ah –comentó llevándola contra sí y mirándola a los ojos–. Se me ocurre algo mejor para sellar el pacto.

La besó con una determinación que habría hecho que el cuerpo de marines hubiera estado orgulloso de él. Le abrió los labios con la lengua y cruzó la frontera. La abrazó y la apretó contra sí. En aquel beso le dio todo lo que tenía, pasado, presente y un futuro un tanto incierto.

Karen se acurrucó contra él y escuchó la tormenta. Se oía el viento y la lluvia, pero ya solo de vez en cuando. Estaba a punto de terminar, tanto la tormenta como su maravilloso encuentro con Sam.

Apoyó la cabeza en su pecho y escuchó el latido de su corazón. La acarició y sintió su calor, que la invadió. Aquello no iba a funcionar. No podía funcionar.

Aquel trato que habían hecho iba a terminar mal. Seguro. Aunque sabía que el sufrimiento la estaba esperando a la vuelta de la esquina, no podía echarse atrás.

Pasara lo que pasara, estaría con Sam un poco más.

—¿En qué estás pensando? —preguntó Sam.

—Estaba pensando en el trato que hemos hecho —contestó levantando la cabeza para mirarlo.

—¿Te da miedo? —dijo pasándole una mano por la espalda desnuda.

Karen se estremeció, cerró los ojos y negó con la cabeza. Si hubiera tenido un poco de sentido común, habría dicho que sí y se habría ido, con el corazón herido, pero no roto. Sin embargo, no podía.

—No.

—Me alegro —murmuró abrazándola.

—¿Estás seguro de todo esto? —dijo Karen suspirando.

—Es la solución perfecta, cariño —contestó Sam sonriendo y pasándole el dedo por la columna vertebral, lo que hizo que la recorriera un escalofrío.

–¿Sí? –consiguió preguntar Karen.

–Desde luego –contestó Sam besándole el cuello–. Nada de compromisos, nada de preocupaciones, dos buenos amigos que se lo pasan bien juntos.

–¿Amigos? –repitió moviendo la cabeza para que Sam la pudiera besar mejor.

–Los mejores amigos del mundo, preciosa –murmuró apoyándose en un codo y sonriendo.

–Amigos –se dijo a sí misma mientras él ya había empezado a lamerle un pezón.

Sam dibujó círculos con la lengua alrededor de su pezón y Karen se arqueó, le abrazó y disfrutó de aquel placer que solo él era capaz de darle. Se recordó que eran amigos mientras el placer la invadía.

Tras aquel placer subyacía pena porque sabía que, cuando perdiera a aquel amante, perdería también a su mejor amigo.

Capítulo Diez

Quitando que el árbol de los vecinos estaba caído en la entrada de su casa, Karen pensó que su hogar había aguantado muy bien el azote de la tormenta. Miró el árbol, que se había llevado por delante la valla, y vio que tenía todas las raíces al aire.

–Y luego dicen que los californianos están locos por vivir con el riesgo de los terremotos –murmuró mirando la ventana rota de la cocina y unas cuantas tejas que se habían caído del tejado.

–Sí –dijo Sam llevando la nevera hacia la casa–. En California, la tierra se habría abierto y se habría tragado el árbol. Ni siquiera habrías visto las raíces.

–Muy gracioso.

El suelo estaba cubierto de hojas y Karen, que iba andando detrás de Sam, se estaba poniendo los zapatos perdidos de barro.

Sam dejó la nevera en los escalones de la puerta de atrás y miró alrededor por si la casa había sufrido daños estructurales, pero no era así.

–Parece que ha resistido bien. Hemos tenido suerte de que el huracán no nos diera de lleno. Parece que lo gordo ha sido sobre el mar.

–Gracias a Dios –contestó Karen mirando calle abajo. Casi todos los árboles estaban en su sitio aunque habían perdido alguna rama. Había tumbonas y bicicletas donde sus dueños las habían dejado y el vecindario estaba demasiado silencioso.

Parecía una ciudad fantasma. La mayoría de los vecinos todavía no habían vuelto, pero, en breve su calle volvería a ser la de siempre y la gente comenzaría a hacer su vida normal. Sin embargo, en esos momentos, era como si Sam y ella fueran los únicos habitantes del planeta.

–Buenos días, Karen –dijo alguien.

Karen se dio la vuelta sorprendida. Era Virginia Thomas, la vecina cuyo árbol había caído en el jardín de Karen, asomada por la ventana.

–Señora Thomas, no sabía que hubiera vuelto –dijo Karen.

–Hace como una hora, bonita –contestó mirando a Sam–. Nos fuimos a casa de mi hermana y mi cuñado Mick casi vuelve loco

a mi Joe. Decidimos volver en cuanto pudié-
ramos antes de que le diera una paliza –Joe
Thomas, que medía un metro ochenta, era
un encanto. No parecía que fuera capaz de
pegar a nadie, pero Virginia veía a su marido como una mezcla de Supermán, Mel
Gibson y Rocky–. Joe ha ido a casa de su
hermano a pedirle la sierra para quitar
cuanto antes ese árbol de ahí.

–No hay prisa –contestó Karen pensando
en que ya no tenía que aparcar el coche. Se
acordó de que habían pasado por delante
de su coche averiado y se había sentido un
poco culpable al dejarlo ahí tirado lleno de
barro. Tenía pensado llamar a una grúa y al-
quilar un coche.

–¿Por qué? ¿Dónde está tu coche?

–Muerto en la autopista –contestó Sam–.
Gracias a Dios que la encontré y pudimos
resguardarnos juntos de la tormenta.

Karen lo miró. Virginia Thomas era una
buena mujer, pero no había nada que le
gustara más que un buen cotilleo.

–Cuéntemelo todo –dijo su vecina aco-
dándose en el alféizar.

–Sam… –interrumpió Karen pensando
en matarlo si decía algo.

–No hay mucho que contar –dijo Sam
sonriendo a Karen–. Karen y yo somos ami-

gos. Fue una suerte que me la encontrara en el arcén.

—¿Sois amigos? —preguntó Virginia defraudada. Era obvio que ella esperaba algo más romántico.

Amigos. Karen no pudo evitar sentirse un poco irritada. Sería mejor que se acostumbrara. Eso era lo que eran. Amigos. Era mejor que nada.

Claro.

—Hasta luego, Virginia. Voy a mirar dentro y Sam tiene que volver a la base y…

—Claro, claro —contestó la mujer metiéndose en su casa—. Hay mucho que hacer. Joe se pondrá inmediatamente con el árbol.

Karen levantó una mano para despedirse y se giró hacia Sam.

—Parece simpática.

—Lo es —dijo Karen—. Su marido y ella se compraron la casa justo cuando tú y yo lo dejamos —por eso se había tragado que eran solo amigos. Si sospechara que había algo de romance, no dudaría en pasarse a casa de Karen con una bandeja de galletas dispuesta a saberlo todo.

—Ah —dijo Sam mirando hacia el coche—. Bueno, voy a sacar tus cosas y me voy a la base.

Karen forzó una sonrisa mientras lo veía

alejarse hacia el coche. El cielo estaba empezando a despejarse y la vida de todo el mundo comenzaba a brillar de nuevo. La de todos, menos la suya.

Karen sacó las llaves del bolso, abrió la puerta de la cocina y la dejó abierta.

Había trozos de cristal por el suelo, un charco enorme en mitad de la cocina y el viento había tirado el mantel de la mesa. Aparte de aquello, todo estaba bien.

Paseó la mirada por la acogedora estancia y se descubrió dando gracias al cielo por que su casa siguiera en pie. Todas las cosas de su abuela, desde las sartenes de cobre hasta los angelitos de porcelana estaban bien. Karen se dio cuenta de lo mucho que aquella casa significaba para ella.

Era más que un simple sitio para vivir. Se había convertido en su hogar. Todas las habitaciones le traían recuerdos y, a veces, incluso oía la risa de su abuela. Entrar en aquella casa era como sentir un gran abrazo.

–Un poco sucia, pero parece que está bien –apuntó Sam.

–Sí, menos mal –contestó Karen dándose la vuelta. Dado que todo se había terminado, no sabía cómo reaccionar ni qué decir.

Sam la sacó de dudas.

–No me importaría quedarme y echarte una mano –dijo dejando las bolsas en un lugar seco–, pero ya estarán llegando los reclutas y tenemos que estar todos allí.

–No pasa nada. Lo entiendo. Además, no necesito ayuda. Solo hay que limpiar un poco...

–Sí, pero volveré dentro de un par de días para mirarte el tejado.

–Bueno, no hace falta.

–Ya lo sé, pero lo hago porque quiero –le contestó sonriendo.

–Sam, no me debes nada. No te sientas responsable.

–Somos amigos, ¿no? Los amigos se ayudan.

–Muy bien, amigo. Hasta dentro de un par de días –contestó un poco harta de aquella palabra.

Sam sonrió y Karen deseó poder leerle el pensamiento, pero con Sam nunca se sabía. Y pensar que aquella había sido una de las cosas que más le habían gustado de él al principio...

–No se parece en nada al motel, ¿verdad? –dijo Sam mirando alrededor.

–Le falta el encanto del cartel de libre roto y las goteras –contestó Karen sonriendo.

Sam la miró tan fijamente que Karen sintió un gran calor en su interior.

–Al menos, la cama era cómoda –contestó Sam con las cejas enarcadas.

–Sí –contestó Karen pensando que, aunque la cama hubiera sido de piedra, ella no se habría enterado mientras él hubiera estado a su lado.

Huy, aquello era grave.

–Ha sido el mejor huracán de mi vida –dijo Sam paseando su mirada por el rostro de Karen como si lo estuviera acariciando.

–Lo mismo digo –admitió ella–. Por cierto, gracias por rescatarme aquella noche.

–De nada –dijo mirando el reloj–. ¿Estás bien?

–Sí –contestó intentando ignorar la punzada de dolor que sentía porque ya le echaba de menos.

–Bueno, pues nada –dijo acercándose–. Me voy.

Antes de que Karen pudiera contestar, él la estaba besando. Karen sintió que se quedaba sin respiración y que todo su cuerpo crepitaba. Fue un beso fugaz que terminó tan repentinamente como había empezado.

–Hasta pronto, amiga –dijo Sam dándole una palmada en el trasero.

Y se fue dejando a Karen en mitad de la

cocina encharcada con el corazón a mil por hora, la cabeza dándole vueltas y los labios temblando.

Sí, claro, aquello de la amistad iba a funcionar muy bien.

No dio señales de vida en tres días.

Le había costado lo suyo.

Sam se pasó la mano por la cabeza y miró la calle principal de Beaufort. Continuaba habiendo signos de la tormenta, pero la vida seguía. Estaban quitando las maderas con las que habían cubierto los escaparates de las tiendas y ya habían limpiado el barro y los escombros. Los marines de la base llevaban varios días asegurándose de que la ciudad volviera a ser la de antes. En unas cuantas semanas, sería como si la tormenta nunca se hubiera producido.

Para él, sin embargo, aquel huracán lo había cambiado todo.

Giró la cabeza lentamente y miró el edificio que tenía delante. En algún lugar de su interior, Karen lo estaba esperando y saberlo le hacía quedarse sin aliento. Le costaba admitirlo, pero aquel jueguecito que se traía con Karen lo ponía más nervioso que cuando entró en el cuerpo.

Entonces, se había dado cuenta de que los marines eran su futuro y de que podía hacerlo. Apostó por que aguantaría el entrenamiento y tendría la profesión que quería. Se encontraba de nuevo con el futuro pendiendo de un hilo, solo que esta vez no dependía de él sino de Karen.

Sam siempre se había entregado al trabajo sin problema, pero no había podido quitarse a Karen de la cabeza ni limpiando los restos de la tormenta ni preparándose para el próximo grupo de reclutas. Había trabajado a lo bestia y, como buen profesional, no había rendido menos de lo normal, pero, en cuanto el ritmo de trabajo bajaba un poco, no podía evitar pensar en ella.

Veía sus ojos y recordaba aquellos días que habían pasado juntos.

Estaba delante de la agencia inmobiliaria en la que ella trabajaba recordando el plan. Amigos.

–Maldita sea –murmuró–. ¿En qué estaría pensando? ¿Cómo voy a fingir que solo somos amigos?

–¿Sam?

Sam se dio la vuelta y se encontró con el sargento Bill Cooper y su mujer, Joanne, que estaba embarazada.

–Perdón por llegar tarde, Sam –dijo Joanne–, pero hemos tenido que parar dos veces. Vamos a tener que poner un baño en el coche...

Sam no quería tantos detalles, pero asintió y les sonrió con envidia. Joanne Cooper estaba radiante de felicidad, tanto por su marido como por el tercer hijo que esperaban. Era difícil no sentir envidia de aquel hombre tan afortunado.

–Te agradecemos mucho que nos presentes a tu amiga. Hay tantos agentes inmobiliarios que no sabíamos a quién acudir –dijo Sam.

–Os gustará Karen. Es sincera y afable –dijo sintiéndose un poco culpable. No les iba a presentar a Karen solo por ellos, también por él.

Cuando Bill le había dicho que él y su mujer querían comprarse una casa más grande, Sam decidió no dejar pasar la oportunidad. ¿Qué mejor forma de hacerle comprender a Karen que las mujeres de los marines eran felices que ponerle a Joanne Cooper delante? Aquella pelirroja embarazada era perfecta para sus planes.

–¿Vamos allá? –preguntó Sam.

–Sí, antes de que tenga que ir al baño otra vez –contestó Joanne sonriendo.

–Ay, Joanne.

Ella se acercó y besó a su marido en la mejilla.

–Tranquilo, sargento –le dijo recibiendo un abrazo a cambio.

Sam no pudo evitar sentir envidia. Pura envidia.

–Vamos, entremos –dijo.

Karen vio a las tres personas que se acercaban.

–¿Ese no es Sam? –preguntó su jefa.

–Sí –contestó Karen aprovechando para mirarlo. Nunca tres días le habían parecido tanto tiempo.

Había estado pendiente del teléfono a todas horas. Había corrido a la puerta cada vez que creía oír el timbre y había mirado por la ventana cada vez que había oído un coche. Para nada. No había llamado, no había ido a revisar el tejado y ni siquiera se había pasado a verla.

Nada. Hasta aquella mañana que la había llamado para decirle que los Cooper estaban buscando casa. Algo en ella se había resentido por haberlo perdido. Por las noches, se revolvía en la cama, demasiado grande para ella sola, y durante el día intentaba convencerse de que era mejor así. Sería mejor verlo lo menos posible.

No se lo creía ni ella.

–Madre mía, este hombre cada día está más guapo –dijo Geri Summerville.

–Sí, ya lo sé –contestó Karen disgustada. Seguro que con sesenta años, las mujeres seguirían mirándolo por la calle.

–Nunca he entendido por qué lo dejaste. Me parece una pena desaprovechar a un ejemplar así.

–No está desaprovechado.

–Si no está contigo, está desaprovechado –contestó Geri retocándose el cabello plateado, que tenía tanta laca como para parar una bala.

–Controla las hormonas –murmuró Karen al ver entrar a Sam, que dejó pasar primero a la embarazadísima.

–Soy demasiado mayor para tener hormonas, pero tengo ojos, cariño –apuntó Geri dando la bienvenida a los recién llegados–. Pasen –dijo con su cariñoso acento sureño y, agarrando a Joanne del brazo, la sentó frente a la mesa de Karen–. Siéntese aquí.

–Gracias.

–Hace tiempo que no te veía, Sam. ¿Qué tal estás?

—Bien, gracias –dijo Sam dándole la mano–. Me alegro de verla.

Geri percibió la mirada entre Sam y Karen.

—Os dejo que habléis de negocios –dijo dirigiéndose a su mesa.

Las miradas de Sam y de Karen se encontraron y por un momento fue como si no existiera nadie más, pero tuvieron que volver a la realidad cuando Sam bajó la mirada.

—Karen, te presento al sargento Bill Cooper y a su mujer, Joanne. Chicos, esta es mi amiga Karen Beckett.

Karen lo miró para ver qué expresión ponía al pronunciar aquella palabra, pero ni se inmutó. Maldición.

Tras una pequeña conversación, Joanne se apoyó en la mesa.

—¿Ha encontrado alguna casa que se ajuste a nuestro presupuesto?

—Unas cuantas –contestó Karen sacando el álbum con las fotos que había seleccionado tras recibir la llamada de Sam. Lo puso sobre la mesa para que la mujer las viera mientas los hombres hablaban.

—Me gusta esta –dijo la pequeña pelirroja eligiendo la que más le gustaba a Karen–. ¿Podríamos verla?

—Claro, pero ¿no prefiere consultarlo con su marido?

–Él sería capaz de vivir en una tienda de campaña sin darse cuenta de que no tiene paredes –contestó Joanne–. Si no son verde militar, ni siquiera ve las cosas.

Karen miró a Sam.

–De verdad, Karen. ¿Puedo llamarte Karen?

–Por supuesto.

–Cuando le dije a Bill que quería comprar una casa, no lo entendió porque, a lo mejor, dentro de un año o dos nos trasladan a cualquier sitio, pero a mí me gusta la idea de saber que tenemos una casa esperándonos. Además, con el tercero a punto de llegar, ya casi no cabemos en la casa de la base.

–Claro –dijo Karen.

–Además, podemos alquilarla a otros marines si nos vamos.

–¿Tú siempre lo acompañas? –preguntó Karen asegurándose de que Sam no estaba escuchando.

–Sí, excepto cuando está de maniobras, que se va seis meses. De hecho, esta es la primera vez que va a estar cuando nazca el niño.

–No lo dirás en serio.

–Sí. Como estamos en Parris Island, donde no hay maniobras, estará para el parto. No sé si le hace mucha gracia –dijo sonriendo.

Karen miró a aquella mujer con admiración. Había tenido dos hijos mientras su marido estaba fuera y no parecía molestarla en absoluto.

—Eres admirable —dijo sin poder contenerse.

—Gracias, pero, ¿por qué lo dices? —preguntó Joanne.

—Porque has dado a luz tú sola, con tu marido a miles de kilómetros. No sé si yo podría hacerlo —dijo sacudiendo la cabeza.

La otra mujer rio y se aseguró de que los hombres estaban a sus cosas.

—Querida, en la base ninguna mujer está sola. Nos ayudamos unas a otras. Además, creo que hablo más con Bill cuando está de maniobras que cuando está aquí.

—¿Qué?

—Sí. La factura de teléfono es terrible, pero como tenemos correo electrónico... hablamos todos los días.

—Pero las separaciones deben de ser espantosas —dijo Karen pensando que ella, después de todo, vivía sola. No había mucha diferencia. Lo único que echaría de menos a Sam, pero en aquello momentos, también lo echaba de menos.

¿Por qué estaba pensando aquello? No quería casarse con él. No quería ser la esposa de un marine.

–La verdad es que no. Lo peor es cuando vuelve hecho un patriotero e hinchado como un pavo –se rió Joanne–. Le lleva un mes o dos recordar que yo no acato órdenes. En casa, la que lleva los pantalones soy yo –dijo sonriendo como si estuviera recordando algo–. La primera semana cuando vuelve… –suspiró–. Es mejor que el viaje de novios.

–Me hago una idea –dijo Karen recordando lo que había pasado con Sam en el motel y solo llevaban dos meses sin verse. Si pasaran seis meses, probablemente no saldrían vivos.

–Es como volverse a enamorar –dijo Joanne pasándose la mano por la tripa–, solo que con los críos alrededor, que te ayudan a tener los pies en la tierra. De hecho, así surgió Junior. En una fiesta de bienvenida.

Karen miró el amor con el que aquella mujer se acariciaba la tripa y sintió envidia. Joanne parecía feliz y el miedo que pudiera sentir por su marido no impedía que disfrutara de la vida que había elegido.

Karen no pudo evitar preguntarse si ella sería tan fuerte o sus miedos la tendrían tan atenazada que nunca lograría tener un marido y unos hijos.

–¿Vamos a ver la casa? –preguntó poniéndose en pie y apartando aquellos pensamientos de su cabeza.

–Claro –contestó Joanne levantándose también–, pero antes, ¿me podrías decir dónde está el baño? –añadió en un susurro.

Capítulo Once

Karen siguió a Joanne por las diferentes habitaciones de la casa, escuchando cómo hacía planes y hablaba sobre qué mueble colocaría en cada lugar. Cuando la oyó emocionarse con la que sería la habitación del pequeño, Karen se dijo que le encantaba su trabajo por esas cosas. Le gustaba vender porque ayudaba a la gente a formar hogares, no solo a comprarse casas.

Se preguntó si algún día ella tendría lo mismo. Una casa que le gustara, llena de amor, alegría y calor. Un lugar donde el miedo no tuviera cabida, donde viviera una familia en armonía. Karen miró hacia el jardín, donde paseaban Bill y Sam.

—Hay que admitir que el cuerpo de marines tiene hombres muy guapos —dijo Joanne.

—Sí —admitió Karen mirando los brazos musculosos, las caderas y el trasero de Sam.

—Es estupendo, ¿verdad?

—Sí —dijo Karen sonriendo al ver a Sam reír ante una ocurrencia de Bill.

–Pero, sois solo amigos, ¿no?

Joanne no se lo había tragado. No era de extrañar porque eran mucho más que amigos, a pesar de lo que Sam quisiera fingir.

–¿Cómo lo aguantas? –dijo mirando a la otra mujer y sin responder a algo tan obvio.

–¿Cómo aguanto qué? –preguntó Joanne sorprendida.

–El riesgo del trabajo de Bill… la preocupación… el miedo.

–No lo pienso.

–¿Cómo?

–¿Conseguiría algo preocupándome? –dijo Joanne intentando buscar las palabras correctas–. Tal vez, lo único que conseguiría es que se distrajera por saberme preocupada y que lo mataran.

A Karen no se le había ocurrido aquella posibilidad y no pudo evitar pensar si le habría ocurrido eso a Dave. Recordó la cantidad de veces que le había hecho callar cuando él había querido hablar de su trabajo. Recordó claramente la preocupación en los ojos de Dave porque ella no le quería decir qué le pasaba.

–Yo creo que corre menos peligros que la mayoría de la gente –continuó Joanne–. Sé que tiene un trabajo muy arriesgado, pero sabe hacerlo.

–Pero…

–¿Cuánta gente se mata en coche yendo a un trabajo tranquilo y seguro?

–Sí, pero…

–No hay garantías. Podría ser profesor, bajar el bordillo y que se lo llevara un autobús por delante.

–Claro, pero…

–Y no habría sido feliz –concluyó Joanne mirando a su marido que estaba entrando en el cobertizo del jardín–. Ser marine no es un trabajo, es una forma de ser.

Aquellas palabras le sonaban. Sam había dicho exactamente lo mismo hacía una semana. ¿Y ella quién era? ¿Una mujer que temía demasiado a la muerte como para vivir? ¿Una mujer que temía tanto perder al ser amado que no quería encontrarlo? Aquella reflexión la sorprendió.

Tomó aire y miró a aquel hombre de pelo oscuro. Siempre se había considerado una mujer fuerte. ¿Se habría engañado durante todos aquellos años? ¿Habría tomado la muerte de Dave como una excusa para esconderse de la vida?

¿Iba a seguir escondiéndose hasta ser una ancianita arrepentida de no haber hecho las cosas y sin apenas buenos recuerdos?

–Es como tu trabajo –dijo Joanne de repente.

—¿Qué?

—A ti te gusta lo que haces, ¿verdad?

—Sí, pero…

—¿No te rebelarías si alguien te dijera que ya no puedes seguir trabajando en esto?

—Claro que sí, pero no es lo mismo, ¿no?

—No, no es lo mismo —contestó Joanne posando una mano sobre el brazo de Karen—, pero es lo que a ti te gusta, forma parte de ti.

—Sí —dijo mirando a Sam a través del cristal.

—A ellos les pasa lo mismo. La diferencia es que su trabajo es proteger a los demás. Incluso protegen a gente que no aprueba lo que ellos hacen.

Karen se sonrojó. No había pretendido ofender a Joanne.

—Lo siento, no pretendía ofenderte.

—No me has ofendido.

Se miraron a los ojos y Karen vio que lo decía con sinceridad. Le gustaba aquella Joanne Cooper. Era fuerte, sincera y optimista. Era el tipo de mujer que a Karen le gustaría tener como amiga.

—Es que…

—Te preocupas.

—Sí.

—Tal vez demasiado. A veces, si te preocupas demasiado, te olvidas de vivir —dijo mirando a Bill que salía del cobertizo sonriendo y con la cara manchada–. Creo que disfruto del tiempo que paso con Bill más que la esposa de un civil, precisamente porque sé que corre peligro. Estoy decidida a disfrutar de lo que tengo mientras lo tenga.

–Esa actitud está muy bien –replicó Karen.

–No es tan difícil de adoptar. Si te empeñas.

–Puede –murmuró Karen mirando a Sam.

–No te voy a engañar. A veces, no es fácil. La mujer de un marine tiene que ser independiente, fuerte, tiene que hacer de madre y de padre durante meses, tiene que llevar la casa, incluso organizar una mudanza a la otra punta del país.

Karen asintió. Nada de eso la asustaba. Con eso, podría. Lo que realmente la aterraba era perder a Sam.

–He visto fracasar muchos matrimonios de marines. La mayoría, por lo mismo que se acaban los matrimonios normales, pero otros porque las mujeres no pueden soportar la soledad. Un marine profesional no necesita a alguien débil a su lado. Necesita una compañera, una igual. Si no estás a la altura… es mejor que sigáis siendo solo amigos. Si no, os haríais los dos mucho daño –puntualizó mirando a Karen a los ojos.

Karen asintió y tragó saliva con fuerza antes de seguir.

—¿Y si estoy dispuesta?

—Si estás dispuesta a intentarlo, es la mejor de las vidas —contestó Joanne sonriendo.

Sam oía a Bill que le hablaba del cobertizo y del jardín y de construir un garaje, pero en realidad no lo estaba escuchando.

Se preguntaba de qué estarían hablando Joanne y Karen. Las había estado observando a medida que iban avanzando de habitación en habitación. Iban hablando como si se conocieran de toda la vida. Se moría por saber de qué estaban hablando.

—¿Me estás oyendo, Sam?

—¿Eh? Sí, sí, claro.

—Sí, ya —contestó Bill riéndose.

—Eh, vosotros dos —los llamó Joanne—. Si habéis terminado de jugar, nos vamos.

—¿Cómo que jugar? Estoy explorando el lugar.

—Sí, ya se nota. ¿Te has visto la cara y la camiseta?

Bill sonrió y se sacudió el polvo. Sam iba detrás de él con la mirada fija en Karen. Intentó mirarla a los ojos e intentar dilucidar qué estaría pensando, pero parecía como si ella hubiera sabido que lo iba a hacer y hubiera decidido disimular.

Sam no creyó que fuera buena señal.

–Bueno, ¿casa vendida? –le preguntó cuando llegó junto a ella.

–Creo que sí –contestó viendo a Joanne que guiaba a su marido hacia el dormitorio principal–. A Joanne le gusta mucho. Tendrán que hablarlo.

–Si a Joanne le gusta, a Bill le parecerá bien. Le conozco.

–Fenomenal –contestó cerrando las puertas del jardín.

–¿Qué tal estos días?

–Bien, ¿y tú?

–Ocupado –admitió–. Siento no haberme pasado a revisar el tejado.

–No pasa nada. Joe, el marido de Virginia, lo hizo y está bien.

–Bien. Parece que Joanne y tú os habéis caído bien.

–Es muy simpática.

–Es muy habladora.

–Sí.

Karen intentó pasar a su lado, pero él le puso una mano en el brazo. Karen lo miró y Sam sintió que el corazón le daba un vuelco.

Aquello de la amistad no le estaba resultando tan fácil como había imaginado. ¿Cómo había podido imaginar que lo sería?

Bill y Joanne volvieron y no pudo decir nada. Karen sonrió y Sam se preguntó si la pareja se habría dado cuenta de la tensión que había en el ambiente o solo sería una impresión suya.

–Nos la quedamos –dijo Joanne.

–Estupendo –contestó Karen yendo hacia Joanne–. Vamos a la oficina a hacer el papeleo –Joanne sonrió, frunció el ceño y se tocó la tripa–. ¿Qué ocurre? ¿Estás bien?

–Sí –contestó Joanne mirando a su marido–. No tengas miedo, sargento. Todavía nos quedan un par de semanas.

–No tengo miedo.

–Ya –contestó riéndose mientras Bill la ayudaba a llegar a la puerta.

–Puede que él no, pero yo sí me he asustado –confesó Sam a Karen.

–¿Tú?

–Sí, imagínate que hubiéramos tenido que traer a un niño al mundo en una casa vacía. Todo el mundo siente miedo alguna vez, Karen. Lo que importa es cómo reaccionas. ¿Te vas corriendo y dejas a Joanne sola en la casa o luchas contra el miedo y la ayudas a traer a su hijo al mundo?

–A ver si lo acierto. ¿Luchas contra el miedo? –dijo Karen sonriendo sin querer.

Sam tomó aire con la esperanza de que aquella respuesta significara cierto cambio en ella.

–¡Hurra! –dijo Sam pasándole un brazo por los hombros y cruzando la puerta principal.

Durante los días que siguieron, Karen vio a Joanne más de lo que habría imaginado. Parecía como si se hubiera propuesto darle un curso de cómo ser la esposa de un marine.

Había ido un par de veces a Laurel Bay, el barrio donde vivían la mayoría de los marines de la base Parris Island. Había ido a merendar un par de veces con Joanne y otras mujeres, con sus hijos, claro. Había dado una vuelta por la base, había visitado el economato militar, la estafeta de correos y todo lo que se le había ocurrido a Joanne.

En honor a la verdad, estaba funcionando. Karen estaba descubriendo otros aspectos de la vida de los marines. Siempre había tenido la idea de que las mujeres de militares eran mujeres que se quedaban metidas en casa sufriendo, mujeres que se sacrificaban estoicamente, pero aquellas mujeres que había conocido eran divertidas.

No se había reído tanto en su vida como en los últimos días. Había hecho amigas nuevas, que le habían contado cómo era la vida militar. Aunque temían por sus maridos, se sentían tan orgullosas de ellos que se olvidaban. Sintió un poco de envidia.

Al parar en la garita de entrada para el control, se dio cuenta de que lo que más envidia le daba era que eran una gran familia. Aquellas mujeres compartían algo que una de fuera no entendería. Pertenecían a una sociedad cuyos miembros dedicaban su vida al país. Estaban ligadas a esa sociedad por el vínculo de la lealtad y el deber, pero sobre todo por el amor.

Se ayudaban unas a otras y pasaban buenos ratos juntas. Sabían que podían contar las unas con las otras. No había mucha gente que pudiera decir lo mismo.

Le tocó el turno y le dio su nombre a un jovencísimo militar, que miró una lista y la dejó pasar.

Mientras iba por el ya familiar camino de entrada, leyó «Bienvenidos a Parris Island. Aquí hacemos marines» y, por primera vez, se sintió orgullosa.

–Somos un grupo de voluntarios dedicados a promocionar el entendimiento de la vida militar desde el punto de vista del cónyuge compartiendo conocimientos e información –dijo una mujer al grupo de veintitantos asistentes, la mayoría mujeres.

Karen se sentía como una impostora. Ella no estaba casada con un marine y a Sam no se le caía lo de que eran amigos de la boca, así que no parecía que lo fuera a ser nunca. Aun así, Joanne le había sugerido que fuera a una de aquellas reuniones para que conociera más a fondo la vida militar, y le había parecido una buena idea.

Miró a la mujer que tenía al lado y se dio cuenta de que otras muchas parecían incómodas.

–No es tan serio como parece. Estamos aquí para contarles la historia del cuerpo de marines, ayudarles a que reconozcan la jerarquía militar, que sepan qué ventajas médicas tienen, que aprendan a enfrentarse a una mudanza, a aguantar las maniobras, darles información sobre los colegios y todo lo que puedan necesitar –dijo la ponente con una sonrisa tranquilizadora.

Cuando aquella mujer y sus amigas se lanzaron a hablar de la vida militar, Karen se olvidó de que, en realidad, no era una de ellas, se arrellanó en su asiento y escuchó.

–Hola, intrusa –dijo Sam mientras Karen cruzaba por el césped.

–Hola –contestó Karen pensando lo bien que le sentaba el uniforme de camuflaje. Había aceptado ir de picnic con él a Horse Island, pero se estaba arrepintiendo de no haberle dicho que quedaran en un sitio donde hubiera más gente.

–He comprado unos sándwiches –dijo Sam levantándose y sonriendo.

–Sam… –dijo Karen viendo los dos sándwiches y las Coca colas–. Lo siento, pero no me puedo quedar.

–¿Por qué no? –dijo observándola.

–Le prometí a Joanne que iría con ella al CDI para recoger a los niños.

–¿Al CDI?

–Sí, el centro de desarrollo infantil.

–Sé lo que es –le espetó. Aquello era de locos. Llevaba días sin verla. Estaba tan ocupada con sus nuevas amistades que parecía haberse olvidado de él.

Sam se dio cuenta de que tenía celos.

–Bill está de guardia y no quiero dejar

sola a Joanne porque le queda muy poco para el parto…

—De acuerdo —contestó levantando una mano para que se callara—. Veo que estás ocupada.

—Solo intento ayudar a Joanne.

—Ya lo sé. Debí suponer que esto sucedería.

—¿Qué?

—Las mujeres de los marines siempre van de dos en dos. Ahora ya no te veo nunca.

—No sabía que los marines lloriquearan —dijo Karen sonriendo.

—No lloriqueamos —corrigió Sam—, pero, a veces, nos quejamos.

—Ya me he dado cuenta —dijo mirando el reloj.

—Te tienes que ir.

—Sí —asintió.

—No pasa nada.

—Gracias, amigo —dijo Karen poniéndose de puntillas y dándole un beso en la mejilla.

Sam se quedó allí, de pie, viéndola alejarse a toda prisa hacia el coche. Se tocó la mejilla con cariño y pensó que era realmente difícil sobrevivir a aquello de la amistad.

Capítulo Doce

Los sonidos de la fiesta llegaban hasta el rincón del jardín de los Cooper donde estaba Sam. Había luces en las ventanas, se veían las siluetas de los invitados y se oía el jazz.

Un grupo de personas que cruzaba el césped se rió. Parecía que todo el mundo lo estaba pasando bien. Sam se pasó la mano por la nuca y se volvió a preguntar qué hacía allí. Debería haberle dicho a Joanne que no iría. No se sentía con ánimo para ir a fiestas. Los últimos reclutas que había tenido eran peores que de costumbre, le habían puesto de mal genio y habían conseguido acabar casi por completo con su paciencia. Además, llevaba dos días sin ver a Karen, desde los cinco minutos del picnic. No, desde luego, no era la mejor compañía aquella noche.

–¿Algún problema?

Aquello sacó a Sam de sus pensamientos. Se dio la vuelta y se encontró con Joanne.

–No, solo he salido a tomar un poco el aire.

–Sí, ya me he dado cuenta de que no estabas para fiestas –contestó Joanne sonriendo amargamente.

Sam asintió, se apoyó en la valla y cruzó un pie por encima del otro.

–Pues no, la verdad es que hoy no soy precisamente la mejor compañía –admitió dando un trago de cerveza.

–Pues vas a tener que sonreír y disimular. Karen acaba de llegar.

–¿De verdad? –preguntó apartándose del muro y mirando hacia la casa.

–Sí, además está guapísima.

Aquello no le sorprendía. Karen tenía que hacer muy poco para estar guapísima. De repente, se le vinieron a la mente imágenes de su cara y su cuerpo. Dio otro trago de cerveza para apagar aquella sed.

No sirvió de nada.

–Sí. Me parece que al sargento Mills le va a encantar.

–¿Y a quién no le encanta? –preguntó distraído–. ¿Cómo? ¿Qué tiene que ver Dave Mills con Karen? –añadió como despertando del letargo.

–Todavía nada, pero espero que se gusten. Quién sabe... –contestó encogiéndose de hombros.

Sam sintió un ardor en el estómago. Dave Mills. Alto, rubio y buen marine, pero con una fama de mujeriego que Sam, si hubiera tenido una hermana, no la habría dejado que se acercara a él. Y a Joanne no se le había ocurrido otra cosa que emparejarlo con Karen.

–¿Qué te propones? –preguntó Sam estudiando la expresión de inocencia de Joanne.

–¿Cómo? ¿Por qué? Nada. Simplemente, le voy a presentar a tu amiga a un hombre muy agradable y atractivo. No pasa nada, ¿no? –dijo poniéndose una mano en el pecho y la otra en el corazón como si estuviera jurando.

Maldición. Debería de haber supuesto que aquello de ser amigos no traería más que problemas.

No pasaría nada mientras el bueno de Dave se mantuviera alejado de Karen. Se dio la vuelta para dejar la cerveza sobre la valla y para tranquilizarse. Se dirigió hacia la casa sin molestarse en contestar a Joanne. Seguro que ya sabía cuáles eran sus sentimientos acerca de Karen. Si no, ¿para qué se iba a tomar la molestia de buscarlo para informarle de la situación?

Aquello no importaba en esos momentos. Lo que era importante era llegar a Karen antes que Dave Mills. Había avanzado solo unos pasos cuando oyó a Joanne gritar. Se giró y la vio doblada por la mitad. Supo que Karen tendría que esperar.

Aquel rubio tan guapo no se separaba de ella y Karen no paraba de preguntarse dónde estaría Sam. Dave hablaba y ella le decía a todo que sí, pero sus pensamientos estaban muy lejos de la conversación.

No debería de haberle hecho caso a Joanne.

¿Hacer que Sam se sintiera celoso? ¿Hacerle admitir que aquello de la amistad lo había hecho para obligarla a aceptar el mundo tal como era? Había funcionado. Le había presentado a unas mujeres que le habían recordado que era fuerte como para aguantar lo que quisiera.

Sin embargo, aquello no era excusa para inventarse lo de la amistad. Se preguntaba cómo no le había pillado desde el principio. Pensándolo bien, tal vez, había sospechado algo, pero, en aquel momento, no podía pensar bien porque su mente y su cuerpo estaban todavía invadidos con recuerdos de pasión.

Así, como un buen soldado, había atacado cuando sus defensas estaban en su punto más bajo.

Karen tomó un trago de su copa, miró a Dave Mills y le sonrió. Aquello le valió al rubio para seguir hablando.

Se dijo que no estaba siendo justa y se obligó a escucharlo. Después de todo, no era culpa suya que no fuera Sam. Karen lo miró, vio aquellos ojos azul oscuro y el hoyuelo de su mejilla derecha. Esperó una reacción, pero no sucedió. Tampoco le sorprendió. Paseó la mirada por la habitación buscando a un marine alto, moreno y de ojos color whisky. Entonces, lo vio y casi al instante el corazón se le aceleró y se le secó la boca. El placer se convirtió en preocupación cuando vio a la mujer que iba con él.

—¡Joanne! —exclamó Karen.

Sam cruzó la cocina hacia el salón ayudando a Joanne a caminar. Ella intentó sonreír a los invitados.

La habitación estaba llena de gente. Alguien apagó la música. Bill tardó dos segundos en cruzar la habitación y estar junto a su esposa.

—¿Ya? —preguntó Bill.

—Sí —contestó Joanne.

—Tengo el coche en la puerta —apuntó Sam.

—Muy bien. Tú conduces —dijo Bill.

—Yo también voy —dijo Karen.

Otra mujer se ofreció a llevarse a los otros

dos niños a su casa y alguien aseguró que limpiaría y cerraría la casa. Karen se dio cuenta de que todo el mundo echaba una mano, como en una familia. Se le saltaron las lágrimas y le entraron ganas de decirle a Sam que, por fin, lo había entendido, pero no era el momento.

—Tenemos que irnos ya —murmuró Joanne.

—De acuerdo —dijo su marido mirando a Karen preocupado.

Karen agarró a Sam del brazo.

—Vamos, abre paso.

—A sus órdenes.

A sus espaldas, un coro de voces les deseó buena suerte. Se montaron en el coche y se perdieron en la noche.

—¿Cuánto se supone que dura? —preguntó Sam por décima vez mientras se paseaba por la sala de espera.

—No lo sé —contestó Karen cerrando la revista que estaba leyendo.

Se puso de pie y pensó en ir al mostrador a preguntar a la enfermera por Joanne, pero se dio cuenta de que en la hora que llevaban allí ya habían ido cuatro veces y de que a la enfermera no parecía haberle hecho mucha gracia. Sam había tardado menos de diez minutos en llegar al hospital, que estaba a un cuarto de hora. Karen no sabía si había sido porque estaba preocupado por Joanne o porque estaba aterrorizado. Sea como fuere, lo habían conseguido y los Cooper habían desaparecido tras la puerta dejando a Sam y a Karen solos.

Karen fue hacia la entrada. Aquella habitación la parecía cada vez más pequeña. Era como si Sam lo ocupara todo. Miró fuera, donde reinaba la oscuridad de la noche, y decidió salir. Necesitaba respirar, huir de aquella tensión que invadía la habitación como si fuera niebla. Se volvió hacia el sofá para alcanzar el jersey y el bolso.

–¿Dónde vas?

–Fuera –contestó sin molestarse en mirarlo.

–Voy contigo –dijo Sam.

Lo que faltaba. Sus tacones se oían contra el pavimento. La luna brillaba con fuerza y las nubes se movían perezosamente. Karen sintió la brisa que subía del río en los hombros.

–¿Tienes frío?

–Ya no –contestó Karen cuando Sam se paró a su lado.

–Hace una noche preciosa –dijo Sam metiéndose las manos en los bolsillos.

–Sí –contestó Karen pensando en que el

tiempo siempre era un tema recurrente de conversación.

—Tú también estás preciosa —continuó Sam. Karen lo miró de reojo—. Por lo menos, seguro que se lo ha parecido a Dave Mills.

—¿Qué quiere decir eso?

—Te he visto. Con él. Le sonreías como si estuvieras fascinada.

—¿Y? —preguntó Karen disfrutando del momento.

—Pues que conozco a Dave. No es fascinante.

—Puede que no te lo parezca a ti —contestó disimulando una sonrisa.

—Ni a mí ni a nadie, salvo a su madre —dijo Sam sacando las manos de los bolsillos y agarrándola de los brazos—. ¿Qué está pasando, Karen?

—Nada —contestó Karen encogiéndose de hombros y soltándose—. Solo que Joanne quería presentarme a un hombre simpático.

—Ya —dijo dejando claro que no se lo creía.

Bien. Karen se retiró el pelo de la cara y se cruzó de brazos.

—Creí que te gustaría que Joanne me presentara hombres —dijo Karen golpeando el suelo con el zapato.

—¿De dónde te has sacado eso? —exclamó Sam alzando los brazos.

—Porque supuse que mi amigo querría verme feliz.

—No soy tu maldito amigo —gruñó con los dientes apretados.

—¿Ah no? —preguntó tocándole el pecho con el dedo índice—. Era todo un truco, ¿verdad? Todo eso de «Karen, seamos amigos».

—¿Un truco?

—Lo sabía —afirmó Karen. Sam miró aquellos ojos azules y le pareció que salían chispas de ellos. La conversación no se estaba desarrollando como él había creído—. Me contaste todo eso de la amistad para hacer que me arriesgara, ¿verdad? —preguntó trazando con sus pasos un círculo alrededor de él.

De repente, Sam se sintió como si un doberman le fuera a atacar.

—Creí que…

—Creíste que si conocía a Joanne y a otras mujeres de marines, que si veía cómo viven las familias de los marines en realidad, mis miedos se disiparían —lo interrumpió.

—Creí que te apetecería conocer a gente simpática.

—Todos mujeres de marines.

—Una simple coincidencia.

—Claro —dijo siguiendo dando vueltas—. Creíste que con un par de semanas con ellas se me quitarían los miedos que me han perseguido durante años.

—Merecía la pena intentarlo —murmuró Sam sintiendo que se le erizaban los pelos de la nuca al ver su mirada.

—Sí, supongo que, desde tu punto de vista, sí —dijo parándose y mirándolo fijamente antes de continuar—. ¿Cuál es el plan ahora, sargento? ¿Tienes una lista de marines que quieres que conozca para que elija a uno de ellos?

Al oír aquello, Sam se quedó rígido.

—Por supuesto que no. Tú eres mía y solo mía y no permitiría que nadie más te tocara.

—¿En serio?

—Así como te lo digo.

—¿Quieres ser mi amigo?

—Ya tengo suficientes amigos.

—¿Quieres ser mi psiquiatra?

—No lo necesitas.

—Exacto, no lo necesito. Se puede saber, entonces, ¿qué quieres hacer exactamente? —dijo dando un paso al frente.

—Quiero casarme contigo —gritó.

—Yo también —gritó Karen.

Sam se quedó mirándola sorprendido. Se le paró el corazón y, cuando reaccionó, sintió que le invadía un calor que nunca había experimentado antes.

La agarró y la abrazó con fuerza hasta que sintió que se fusionaban, que formaban un todo. Aun así, no le pareció suficiente, pero tendría que conformarse.

—¿Estás segura? —le preguntó en un susurro.

—Estoy segura —contestó pasándole los brazos por el cuello.

—¿Ya no hay miedos? —preguntó Sam agarrándola del mentón.

—Siempre habrá algo de miedo, pero tengo más miedo de no tenerte nunca que de perderte —contestó Karen mirándole a los ojos.

—Nunca me perderás, cariño —dijo Sam paseando su mirada por el rostro de Karen.

—No puedes prometerlo —dijo Karen tragando saliva—. Nadie puede, pero me arriesgaré. Quiero vivir contigo, tener hijos contigo, Sam —dijo acariciándole la cara y haciendo que a él casi le fallaran las rodillas de emoción—. Te quiero, Sam Paretti. Te quiero más de lo que imaginaba.

—Yo también te quiero, mi amor —contestó Sam besándole las puntas de los dedos.

—Nos envíen donde nos envíen, tú te encargarás de los marines y yo de vender casas.

—De acuerdo.

—Y los dos nos ocuparemos de los niños.

–De acuerdo –contestó con una sonrisa tan grande que creyó que se le iba a salir de la cara.

–Y me querrás siempre –dijo Karen mirándolo fijamente.

–Eso dalo por hecho, cariño –le aseguró besándola.

–¡Eh, vosotros dos! –gritó alguien. Se separaron y se giraron hacia la puerta, donde Bill Cooper estaba de pie como si le hubiera tocado la lotería–. Podéis dejar eso para más tarde. ¡Entrad a conocer a mi nueva hija! –gritó cerrando la puerta para correr junto a su esposa.

–Esta noche empiezan dos nuevas vidas –dijo Karen abrazando a Sam mientras andaban hacia la entrada–. La del bebé y la nuestra juntos. Apuesto a que ambas serán felices.

–Y no perderás, cariño –contestó Sam sonriéndole–. Fíate de mí. Soy marine.

Epílogo

Tres años después. Camp Pendleton, California.

–Quiero que recordéis que estamos aquí para ayudaros. Si tenéis cualquier duda, acudid a nosotras. Estamos aquí para ayudaros a que os acostumbréis a la vida militar –dijo Karen a su público y miró el reloj.

Llegaba tarde, como siempre, pero entre enseñar casas, la reunión de la asociación y la cita con el médico se le había ido el día. Debía darse prisa si quería llegar a casa antes que Sam.

Bajó del estrado, se despidió rápidamente de sus amigas y se dirigió a la puerta. Justo cuando iba a girar el pomo, se abrió la puerta y apareció su marido.

La había pillado.

–Hola, Sam –dijo–. Hola, Josie. ¿Te lo has pasado bien con papá? –preguntó a la pequeña con una sonrisa.

La niña asintió con tanta fuerza que una de las horquillas estuvo a punto de salir volando. Karen sintió un gran calor en el corazón al observar los ojos color whisky de su hija, exactamente iguales que los de su padre, de quien no se separaba. Sam y Josie iban juntos a todas partes. Eso incluía ir a buscar a mamá cuando llegaba tarde.

–No me digas hola como si tal cosa–dijo Sam–. Se supone que deberías haberte quedado en casa con los pies en alto. Ya sabes lo que dijo el médico.

Karen se pasó una mano por la tripa. Todavía quedaban dos meses para que el último Paretti llegara al mundo, pero Sam se preocupaba demasiado.

–Dijo que descansara, no que me recluyera.

–Descansar no incluye ir a las reuniones de la asociación.

–Eh, alguien tiene que ayudar a las nuevas esposas a acostumbrarse a vosotros.

–Y tienes que ser tú, ¿verdad? –le dijo pasándole un brazo por los hombros mientras iban hacia el coche.

–¿Quién mejor que yo? –preguntó Karen dándose cuenta de cómo había cambiado su vida en menos de tres años. Había pasado de dejar que el miedo la paralizara a ser tan feliz que no se lo podía creer.

Desde luego, la vida era asombrosa.

–¿Qué debo hacer para conseguir que descanses? –dijo Sam sacudiendo la cabeza.

Si fuera por él, Karen pasaría los embarazos en la cama, pero Karen sabía que lo único que necesitaba era estar cerca de él.

–¿Comprar algo para cenar? –preguntó sonriendo.

–¡Papá, pollo! –exclamó su hija.

Sam suspiró y le dio un sonoro y fuerte beso en la mejilla a su hija y otro a Karen en la cabeza.

–Lo que mis chicas quieran. Pollo me parece bien.

Karen pensó, allí, apoyada en su marido y oyendo la risa de su hija, que el mundo era un lugar maravilloso.

Acepte 2 de nuestras mejores novelas de amor GRATIS

¡Y reciba un regalo sorpresa!

Oferta especial de tiempo limitado

Rellene el cupón y envíelo a
Harlequin Reader Service®
3010 Walden Ave.
P.O. Box 1867
Buffalo, N.Y. 14240-1867

¡Sí! Por favor, envíenme 2 novelas de amor de Harlequin (1 Bianca® y 1 Deseo®) gratis, más el regalo sorpresa. Luego remítanme 4 novelas nuevas todos los meses, las cuales recibiré mucho antes de que aparezcan en librerías, y factúrenme al bajo precio de $2,99 cada una, más $0,25 por envío e impuesto de ventas, si corresponde*. Este es el precio total, y es un ahorro de más del 10% sobre el precio de portada. !Una oferta excelente! Entiendo que el hecho de aceptar estos libros y el regalo no me obliga en forma alguna a la compra de libros adicionales. Y también que puedo devolver cualquier envío y cancelar en cualquier momento. Aún si decido no comprar ningún otro libro de Harlequin, los 2 libros gratis y el regalo sorpresa son míos para siempre.

416 BPA CESK

Nombre y apellido	(Por favor, letra de molde)	
Dirección	Apartamento No.	
Ciudad	Estado	Zona postal

Esta oferta se limita a un pedido por hogar y no está disponible para los subscriptores actuales de Deseo® y Bianca®.
*Los términos y precios quedan sujetos a cambios sin aviso previo.
Impuestos de ventas aplican en N.Y.

SPD-198 ©1997 Harlequin Enterprises Limited

Deseo®...
Donde Vive la Pasión
¡Los títulos de Harlequin Deseo® te harán vibrar!

¡Pídelos ya! Y recibe un descuento especial
por la orden de dos o más títulos

HD#35327	UN PEQUEÑO SECRETO	$3.50 ☐
HD#35329	CUESTIÓN DE SUERTE	$3.50 ☐
HD#35331	AMAR A ESCONDIDAS	$3.50 ☐
HD#35334	CUATRO HOMBRES Y UNA DAMA	$3.50 ☐
HD#35336	UN PLAN PERFECTO	$3.50 ☐

(cantidades disponibles limitadas en algunos títulos)

CANTIDAD TOTAL $ _____

DESCUENTO: 10% PARA 2 Ó MÁS TÍTULOS $ _____

GASTOS DE CORREOS Y MANIPULACIÓN $ _____

(1$ por 1 libro, 50 centavos por cada libro adicional)

IMPUESTOS* $ _____

TOTAL A PAGAR $ _____

(Cheque o money order—rogamos no enviar dinero en efectivo)

Para hacer el pedido, rellene y envíe este impreso con su nombre, dirección
y zip code junto con un cheque o money order por el importe total arriba
mencionado, a nombre de Harlequin Deseo, 3010 Walden Avenue, P.O. Box
9077, Buffalo, NY 14269-9047.

Nombre: _____

Dirección: _____ Ciudad: _____

Estado: _____ Zip Code: _____

Nº de cuenta (si fuera necesario):_____

*Los residentes en Nueva York deben añadir los impuestos locales.

Harlequin Deseo®

CBDES3

Hipnotizado por su belleza e inocencia, Steve Antonelli rescató a Robin McAlister y la acogió en su isla desierta. Robin era demasiado joven para el experimentado detective de homicidios, pero sus dulces besos despertaron sus sentimientos más profundos. Aun así, no era posible que se convirtiera en el marido de nadie. Hasta que los hermanos de Robin decidieron intervenir y le entregaron personalmente una invitación... ¡a su propia boda!

Cuando Dray Carlisle apareció de impro-
viso, Cass imaginó que había pasado algo grave.
Llevaba sin verlo desde que habían roto su breve
pero apasionado romance hacía ya tres años.

Sin embargo, Cass no estaba preparada
para la noticia que Dray iba a darle: la hermana
pequeña de ella, a la que apenas veía, había muerto después de dar a luz una niña. Cass no podía
darle la espalda a su sobrina ni a Dray... Y eso significaba que la fuerte atracción que había entre
ambos volvería a formar parte de
su vida de nuevo.

Red de mentiras

Alison Fraser

PÍDELO EN TU PUNTO DE VENTA